SV

Bertolt Brecht
Briefe an Marianne Zoff und Hanne Hiob

Herausgegeben von
Hanne Hiob

Redaktion und
Anmerkungen von
Günter Glaeser

Suhrkamp Verlag

Erste Auflage 1990

Druck: MZ-Verlagsdruckerei GmbH, Memmingen
Printed in Germany

Hanne Hiob

Schweikart erzählte mir, daß er einmal in den zwanziger Jahren spazierenging – durch den Englischen Garten.
Es war Frühling. Auf einer Bank ganz allein im Park saß eine Frau, in sich versunken. Es war meine Mutter, und er erkannte sie. Er setzte sich neben sie und dachte, vielleicht braucht sie Hilfe!
Nachdem sie eine Stunde schweigend nebeneinander gesessen hatten, stand sie auf und sagte: »Er ist halt ein Genie«, und ging.

Marianne Josephine Zoff wird am 30. Juni 1893 als Tochter des späteren Eisenbahnoberinspektors Otto Andreas Zoff und seiner Ehefrau Zdenka, geb. Jellinek, in Hainfeld (Tschechien, Österreich) geboren. Nach dem Abitur erhält sie Schauspiel- und Gesangsunterricht; sie möchte Opernsängerin werden. Erste kleinere Partien als Mezzosopranistin singt Marianne Zoff in Wien. Für die Spielzeit 1919/20 erhält sie ein Engagement als »Spezialsängerin« an das Augsburger Stadttheater; sie hat ihren ersten Auftritt dort am 23. September in der Rolle eines Zigeunermädchens in der Oper *Carmen* von Georges Bizet. Marianne Zoff lebt seit 1917 mit dem Geschäftsmann Oscar Camillus Recht zusammen in München. Der gebürtige Wiener begleitet sie in dieser Zeit häufig nach Augsburg, lebt auch für ein paar Monate dort, zieht dann aber nach München.

Mit Brecht, der die Theaterinszenierungen in seiner Heimatstadt Augsburg als Kritiker für die lokale Presse verfolgt, wird Marianne Zoff bekannt, als er sie während einer Vorstellungspause in ihrer Garderobe aufsucht; sie erinnert sich: »Er lobte meine Stimme, meine Darstellung – das alles mit starkem schwäbisch-bayerischen Akzent. Ich dankte artig und hoffte, daß er bald wieder verschwinden würde. Er aber bat Platz nehmen zu dürfen und begann ohne Unterbrechung zu reden. [...] Du spinnst wohl, schoß es mir durch den Kopf, als ich mich dabei ertappte, diesen schwäbelnden Eindringling sympathisch zu finden. Er redete und redete – [...]. Nach der Vorstellung stand er am Bühneneingang und erwartete mich.« (*Marianne Zoff-Brecht-Lingen erzählt Willibald Eser über ihre Zeit mit Bert*

Brecht, in: Paula Banholzer, *Soviel wie eine Liebe. Der unbekannte Brecht. Erinnerungen und Gespräche*, hg. v. Axel Poldner und Willibald Eser, München 1981, S. 157f.)
Brecht ist zu dieser Zeit eng mit Paula Banholzer (Bi) befreundet. Am 30. Juli 1919 wird ihr gemeinsamer Sohn Frank geboren.

*

1

Liebe Marianne,
ich habe hier gewartet auf Dich, wir werden nach der Vorstellung *allein* zusammen sein, nicht? Ich war so dumm und schlecht und Bi weinte im Hof, wärest Du doch mitgegangen, ich kann nicht ohne Dich sein heut, komm, komm, komm
Liebe Marianne

Bert

[Augsburg, 1920/21?]

*

Zur Zeit der ersten erhaltenen Briefe an Marianne Zoff hat Brecht u.a. bereits zwei abendfüllende Stücke geschrieben: *Baal* und *Trommeln in der Nacht*. In München und bei einer ersten Reise in die Theatermetropole Berlin Anfang 1920 wirbt er für seine Sache; er hat die meisten seiner literarischen Arbeiten noch nicht in Verlagen oder an Bühnen unterbringen können. Parallel dazu versucht er, im noch jungen Medium Film Fuß zu fassen. Zu Beginn des Jahres 1921 beschäftigt er

sich, in Erwartung schneller Einkünfte, mit Filmplänen: Für die in München ansässige Stuart Webbs Film Company, die zu dieser Zeit zahlreiche Filme um die Detektivfigur Stuart Webbs dreht – mit dem Produzenten Ernst Reicher in der Titelrolle –, beginnt Brecht, das Drehbuch *Das Mysterium der Jamaika-Bar* zu schreiben. Der Agent Hans Klette bemüht sich (vergeblich), der Filmgesellschaft dieses Drehbuch zu verkaufen (vgl. Brecht, *Tagebücher 1920-1922. Autobiographische Aufzeichnungen 1920-1954,* hg. v. Herta Ramthun, Frankfurt a.M. 1975, 25. und 28. Februar, 1. März 1921; im folgenden abgekürzt: *Tagebücher 1920-1922*). Dennoch plant Brecht, zusammen mit seinem Freund Caspar Neher, weitere Filme dieser Art sowie drei »Flibustierfilme« mit Rollen für Marianne Zoff. In dem Ende März fertiggestellten Drehbuch für den Film *Der Orangenfresser* (späterer Titel: *Der Brillantenfresser*) sieht er für Marianne Zoff die Rolle der Anna vor.
Brecht pendelt häufig zwischen Augsburg und München, teilweise begleitet von Caspar Neher, aber auch von Marianne Zoff und Oskar Camillus Recht. Im April 1921 verleben Brecht und Marianne Zoff einige Tage gemeinsam in Tutzing am Starnberger See. Marianne Zoff wird am Augsburger Theater wenig beschäftigt und besucht in dieser Zeit häufig ihre Mutter, die in München lebt. Nach ihrem letzten Auftritt am Augsburger Theater Mitte Mai fährt sie nach Bad Reichenhall, anschließend nach Berchtesgaden. Brecht verbringt Anfang Juni mit Paula Banholzer, Otto Müllereisert und Caspar Neher Ferientage am Starnberger See. Er trifft Marianne Zoff anschließend, vermutlich in München. Ab August 1921 läßt sie sich nach Wiesbaden verpflichten.

*

2

Liebste Marianne!
Ich muß mit Klette ins Websteratelier! Es ist sehr wichtig und ich weiß nicht, wie lang es dauert. Willst Du nicht inzwischen die Einakter auf dem Tisch lesen?
Oder Dich niederlegen? Ich komme so schnell wie irgend möglich!
Ich küsse dich

Bert

[München, März/April 1921]

3

Meine Marianne,
George fährt nach München, aber ich fahre nicht, weil Du mittags doch nicht zu Hause bist. Aber ich küsse Dich dafür, liebe Marianne. Mit dem Arbeiten habe ich schon begonnen, eben komme ich von Cas, es ist ½ 12 Uhr nachts, aber ich freue mich hauptsächlich auf Dich und lang bleibe ich nicht hier. Ich bin nicht mehr *hier* zu Hause. Ich habe Dich sehr lieb.

Dein Bert

[Augsburg, März/April 1921 ?]

4

Liebe Marianne,
ich danke Dir für Deinen Brief. Wenn ich Dich treffe, gebe ich Dir einige von mir. Es ist mir nicht gut möglich, nach Reichenhall zu kommen – mit

vierzehn Mark in der Tasche. Wenn Du kannst, rufe, bitte, Freitag mittag zwischen 12 und 2 (wenn die Geschäfte zu sind) 53236 (Ottos Pension Bavaria) an. Ich bin dort. Ich sehe Dein Gesicht immer: es ist ruhig.
Wann kommst Du? Ich kann auf dem Papier nichts anfangen. Ich muß Dir alles mündlich sagen.
Aber ich küsse Dich

Bert

Kannst Du mir nicht mehr – viel mehr – schreiben?
Bitte.

[Ende Mai 1921]

5

Meine Marianne,
es ist alles grün und der Sommer kommt mit Schnapstrinken. Und man kann im Wasser liegen, rauchen und hinauf schauen. Was machst Du mit Deinem braunen Körper? Wir sind noch nicht im grünen Sommer gelegen! Komm einen Sommer zu uns und tue im Winter, was Du willst!

Bert

[Ende Mai/Anfang Juni 1921 ?]

6

Meine liebe Marianne,
ich habe einen roten Ausschlag von der Hitze, so daß ich mich immerfort kratzen muß, dazu lese ich (pfundweis) Detektivgeschichten, manche zum 2. oder 3. Mal, freilich hat meine amerikanische Tante Kirschwasser geschickt. Ich habe mich wieder ganz in mein Augsburger Zimmer unter dem Dach verkrochen, komme nur wegen der Mahlzeiten hinunter und arbeite doch nichts, obwohl es noch dazu regnet. Soviel ich kann, schlafe ich und oft denke ich darüber nach, daß es viel zu leicht ist, zu leben – obwohl ich dieser Tage die Briefe Gauguins gelesen habe, die aus der Südsee (in der »Wildnis« oder »Natur« scheint man nur von Geld zu träumen!!!). Jetzt habe ich auch Deinen Brief endlich aus dem Kasten gefischt. Ich will mich nicht reinigen von dem Vorwurf, ich hätte zurückkehren sollen, im Zug schien es mir auch so. Aber ich hatte es mir in den Kopf gesetzt, durstig wegzugehen und den Kopf grad zu halten und den elenden Geist der Knauserei auszutreiben aus mir, und der Abend war ebenso schön, wie Aufbruch aus Dämmerung morgens häßlich und schwächend ist. Ich bin stolz, daß ich bis in den Zug kam, wenn es auch dumm war und wenn ich auch drinnen schwach wurde. Daß verschiedene Leute zu einer mehr humoristischen Auffassung verschiedener Dinge neigen, trifft sich ausgezeichnet. Übrigens verfolgt mich das Gefühl, den Mann, von dem Du so entzückt schreibst, habe R I an den Bahnhof hinkomponiert. Der xxx Sessel stammt aus einem Trödelladen, dessen Besitzer ihn gegen den

Hochmut der Sieger und das unmäßige Triumphgeheul derer ausleiht, deren Gegner schon das Zeitliche gesegnet haben. Er hat zwei Sitze, *einen* Astralsitz! Aber nun nehme ich Dich in den Arm und küsse Dich. Wann bist Du unten fertig oder wenigstens für einige Zeit frei? Du solltest nicht zu viel Bäder nehmen!
Und ich küsse Dich auf den Hals

Bert

München, Pestalozzistr.

[Ende Mai/Anfang Juni 1921]

7

Liebe Marianne,
ich habe die dunkle Erinnerung, Dir einen humoristischen Brief geschrieben zu haben, und ich fühle dementsprechend deutliche Gewissensbisse, denn ich glaube, daß Du dergleichen jetzt vielleicht nicht objektiv würdigen kannst. Obgleich ich ein gewisses historisches Verdienst dafür in Anspruch nehmen kann, denn *Dein* Brief war seiner bösartigen Irrtümer wegen (und was das Vertrauen usw. betrifft) schwer aufreizend. Aber wie gesagt, es tut mir leid und ich unterdrücke sogar meine Vorwürfe darüber, daß Du mir nicht schreibst, was geradezu ungeheu…, aber wie gesagt, ich unterdrücke sie. Im übrigen: ich habe Dich vielleicht etwas lieb. Und ich bemühe mich, auf meine Weise gegen die unerträgliche Situation anzukommen; d.h. mit Humor. Willst Du mir nicht helfen? Wenn Du Dir klar darüber bist, daß man sich entweder *nicht* liebt oder

wegen dem *und trotzdem und überhaupt* liebt und daß es gut ausgeht, weil man guten Willen hat, dann können wir doch über die Übereinstimmung, daß es genügend tragische Dokumente in der Weltliteratur gibt, zur Tagesordnung übergehen (die mir verflucht wichtig scheint!). Was ist also inzwischen geschehen?
Ich muß Dich wahrscheinlich unbedingt sehen, wie soll das gemacht werden?
Jetzt küsse ich Dich (ich kann keine guten Briefe schreiben, aber ich küsse Dich wirklich, ich habe Dich sehr lieb)

Bert

Über Sonntag muß ich nach Augsburg, weil mein Vater Besuch aus Amerika hat.

[München, Mitte Juni 1921]

*

Ende Juni bzw. Anfang Juli 1921 hält sich Marianne Zoff für eine Woche in Augsburg auf, danach fährt sie zusammen mit Brecht nach Possenhofen (in der Nähe des Ammersees). Er hat Pläne zu einem Stück mit dem Titel *Sommersinfonie*, liest Detektivgeschichten und schreibt mit Caspar Neher in drei Tagen ein Filmdrehbuch: *Drei im Turm*.
Brecht besucht ab und zu seine Freundin Paula Banholzer in Utting am Ammersee (z.B. am 30. Juli 1921). Anfang August sind Brecht und Marianne Zoff zusammen, vermutlich in München. Am 16. des Monats fährt Marianne Zoff ins Engagement nach Wiesbaden.

Möglicherweise aus dieser Zeit stammt ein Text Marianne Zoffs über Brecht, der auch die Erinnerung Hans Schweikarts bestätigt:
»Bert Brecht wäscht sich nicht. Er wäscht sich nicht. Alles hat man versucht. Aber er ist dann immer so witzig, und zum Schluß lacht man nur, und er ist wieder einmal fein heraus. Dieser Schmutz kostet viel, sehr viel, denn man braucht die teuersten, wohlriechendsten Dinge, um die schlechte Luft in den Zimmern verschwinden zu lassen, das ist gar nicht so einfach. Überhaupt sieht alles viel einfacher aus, alles. Ja, wenn man selbst auch schmutzig wäre, aber dem Teufel zur Freude ist man selbst rein, zu rein, lächerlich rein. Auch betet man umsonst zum lieben Gott, denn jeder weiß, daß auch der liebe Gott da nichts mehr machen kann. Er wird sich doch nicht wegen solchen Dingen mit dem Teufel streiten. Lächerliche Zumutung. Bert Brecht behauptet immer, daß das Waschen sein größter Genuß ist. Traurig, daß er keine Zeit dazu hat. Überhaupt hätte er keine Zeit zu Genüssen wie andere Menschen. Ach, mein Gott, was könnte man da nicht wieder alles sagen, aber man schweigt, denn jede Frau weiß, was sie davon zu halten hat, nicht?
Wie merkwürdig es doch ist – Bert Brecht hat nicht viele Freunde – gewiß nicht – aber er denkt, er hätte 15 – warum nur 15? Vielleicht vertragen sie diesen merkwürdigen Geruch nicht – oder sie vertragen sein Lügen nicht – sie verstehen eben nichts – sie denken – die Wahrheit sagen, das mache es aus – Gott, wie lächerlich – wie kleinlich – als ob es darauf ankäme – ein großer Mann darf auch lügen – immer lügen, warum auch nicht? Macht das vielleicht den Menschen arm. Überhaupt, wenn man so lügt, so daß man selbst alles glaubt, was man sagt – das ist auch Kunst. Gewiß – die Kunst. Und ist es dann vielleicht nicht die Wahrheit,

und wer kann auch im Sommer lügen – wenn es heiß, ganz heiß ist? Bert Brecht kann es – Bert Brecht kann alles! – «

*

8

Meine liebe Marianne,
aber jetzt schreibst Du nicht. Sieben Knäuel verknäult = ein Knäuel, lassen wir das Knäuel! Hatte ich eine Falte in der Stirn?
Es ist heiß, ich gehe wie unterm Joch, einem besonders breiten, dicken, humorlosen Balken, meine Knie schnappen ein. Ich habe in drei Tagen fünf Filmakte gemacht, es ist fertig, »Die zwei im Turm« oder »Der unverdauliche Leichnam« oder »Stärker als lebendig« oder »Das fabelhafte Tier Nichtsalsluft«.
Hast Du den Photoapparat mit? Er ist nirgends. Wenn ja, laß die Photos entwickeln, ich will sie sehen. Was tust Du? War es eine gute Fahrt? Täusche ich mich?
Bitte schreib mir!

Bert

Ich küsse Dich.
Liebe Marianne,
ich küsse Dich. Wie geht es Dir? Warum schreibst Du nicht? Wann sehe ich Dich wieder?

Ich muß jetzt viel arbeiten. (Den Film diktieren.) Samstag fahre ich nach Augsburg, da mein Geld zur Neige geht. Dienstag abend bin ich in München. Kommst Du da?

[München, Juli 1921]

9

Meine liebe Marianne,
ich danke Dir für den Kuchen, er ist herrlich, bitte, sag es Deiner Mutter! In die Kassette habe ich Deine Sachen gelegt. Ich bin sehr beunruhigt über Deinen gesundheitlichen Zustand. Was ist denn? Du solltest wirklich nicht solche halben Andeutungen machen, von denen man Angstschweiß auf die Stirn kriegt. Ich freue mich sehr, wenn Du Montag abend kommst, wenn Du aber *nicht* kommst, mußt Du es mir Samstag nach Augsburg telegrafieren, da ich dann den *Film* dort diktiere und nicht herüberfahre. Hast Du für die Trude »Unterkunft«? Oder soll ich welche besorgen? Ich bin allerdings nicht praktisch.
Deine Briefe sind so niederdrückend. Wie mit grauer Tinte geschrieben. Manchmal schlafe ich mit Deinem Schlafrock.
Es sind alle fort und nur Schrank und Tisch sehen nach einem. Du schreibst, mein Gesicht verschwimme? Laß es doch dunkler werden! Ich liebe dich immer.

Bert

Bring das Schachspiel mit!

[München, Juli 1921]

10

Liebe Marianne,
ich bin jetzt braun wie ein Araber, wenn er die Bräune des Embahubabaums erreicht hat. Mitunter trinke ich mit George, der das Fieber hat, und

mitunter sitze ich bei Otto auf dem Bett. Otto geht es besser, sie haben übertrieben, aber es hatte ihn schon am Hals. Die Tage laufen wie die Kiesel im Fluß: sie werden es nicht merken, da der Fluß schneller läuft. – Es war eine gute Fahrt in der Nacht, ich hing im Fenster und brachte Dich zu Bett. Wann werde ich einen Brief haben?
Ich küsse Dich

Bert

[Juli/Anfang August 1921 ?]

11

Marianne,
die Komantschen pflegten am Marterpfahl mit keiner Wimper zu zucken. Die meisten Geschichtswälzer liefern Haufen von Beispielen herrischster Unempfindlichkeit. Willst Du mich in einem Kleiderschrank verstecken? Soll mich ein Bursche, der in der Region meiner Fußsohlen (die für ihn eine »höhere« war) winselte, ich solle ihm Deinen Anblick gestatten, bei einem seiner Einbrüche aus Deinem Kleiderschrank herausziehen? – Die Wiesen sind mir grün und meine Weiher sind still und die Bäume sehen nicht nach mir und das Gras beleidigt mich nicht. Und ich zucke nicht mit der Wimper.
Aber willst Du nicht lieber einiges wieder lernen?

Bert

Ich warte Montag zwischen acht
und neun Deinen Anruf,
mittags 12^{30} fahre ich nach München.

[Augsburg, Sommer/Herbst 1921 ?]

12

Liebe Marianne,
ich habe also den Kampf gegen den Sommer aufgenommen, der ein elender Rest ist. Habe das Zimmer frisch tapeziert, Lektüre geholt, Schädelweh bekämpft und den ersten Abend überwunden. Wo aber bist *Du* gewesen?
Ich weiß noch nicht, wie es hier geht und wie lange. Und ich warte ungeheuerlich auf Nachricht von Dir.
Und jetzt küsse ich Dich auf den Mund, liebe Marianne!

Bert

Recht ist nicht hier.

[Augsburg, Mitte August 1921?]

13

Liebste Marianne,
ich bin noch einmal nach München gefahren und habe also die Post nicht. Die Tage trotten schwerfällig hin, und da ich leer bin wie eine aufgebissene Nuß, fängt die Stille an, Konzerte zu veranstalten, nicht gutartige. Ich bin sehr gespannt, wie Dir die Singbudike gefällt, und ich wäre froh, wenn Du das Sirenchen heiser, aber mit geschnittenen Fußnägeln vorfinden würdest. Was machst Du an solchen Sonntagen? Ist der rothaarige Gentleman noch nicht auf der Szene? Vielleicht schickst Du mir gelegentlich die Kurliste, in der Du angestrichen hast, wer Dich nicht liebt. Ich selber habe Arbeit, mit einem roten Tuch auszu-

kommen, und dabei kämpfe ich noch ein niederträchtiges Schädelweh nieder, kämpfe mit Pyramidon gegen den Teufel. Aber, wie ist es? Kommst Du nicht bald, mir beizustehen?
Ich küsse Dich immer, aber besonders abends. Da nehme ich Dich in die Arme

Bert

[München, Mitte/Ende August 1921]

14

Meine Marianne,
ich freue mich kindisch, daß es Dir so gut gegangen ist und die Fleischhauerin Dich aufgenommen hat. Wie wird es Dir in dem Theater ergehen, das in einem Park liegt? Hier fließt das Wasser immer noch nach unten. Ich gehe mit G. Pfanzelt am Lech. O. C. R. habe ich angerufen, er war nicht da, dann rief er mich an und versprach, sehr höflich, die Filme herzugeben, wenn er sie bekäme. Ich freue mich, daß er nichts mehr unternommen hat. Weise ihn, wenn er etwas macht, unbedingt an *mich*! Dein Brief war sicher gut. – Wie ist es mit dem Theater?
Ich nehme Dich in die Arme

Bert

Augsburg

[Mitte/Ende August 1921]

*

Neben Stück- und Filmprojekten schreibt Brecht in den Jahren 1920/21 ungewöhnlich viele Gedichte; am 29. August 1921 entsteht *Die Ballade vom Liebestod.* Mitte bis Ende September arbeitet er in Augsburg an einem neuen Stück *Garga*, das später den Titel *Im Dickicht* bzw. *Im Dickicht der Städte* erhält. Er notiert Gedanken – häufig auch beim Spazierengehen durch die Stadt (vgl. die mehrfach genannte Kastanien-Allee oder den Stadtgraben) – zu einem weiteren Stückprojekt mit dem Titel *Galgei*, einer Vorstufe zu *Mann ist Mann* (*Tagebücher 1920-1922*, 27. September 1921). Die in München erscheinende Zeitschrift *Der Neue Merkur* veröffentlicht in diesem Monat die »Flibustiergeschichte« *Bargan läßt es sein*, mit der Brecht erstmals überregionalen Erfolg als Schriftsteller hat.
Brecht ist längere Zeit in Zahnbehandlung; am 2. September 1921 z.B. wird ihm ein Vorderzahn gezogen; er meint, man habe ihm »den halben Kiefer zermalmt«.
Die meisten der nachfolgenden Briefe erreichen Marianne Zoff in Wiesbaden, wo am 20. August die Spielzeit beginnt.

*

15

Liebste Marianne,
ich danke Dir für Deine Briefe. Das ist, was ich wünsche. Die Hölle funktioniert also! Hoffentlich leiht Gott dafür Holz her! Ich werde also wieder mobilisieren, was den Film betrifft. Die Photos, die dazu nötig sind, hat Recht mir versprochen. Ich werde ihm auch die Vorhand lassen. Darin ist +++ Vorsicht ungeheuer nötig. Du mußt Dich genau an die Richtlinien halten, die wir zusammen

ausgearbeitet haben: ihn unbedingt persönlich abweisen, evtl. an mich. Sonst verspricht Recht die Himmel auf die Erde und tut gar nichts (außer bei Dir sitzen). Hat er nur irgendeine andere Chance, mit Dir zusammenzukommen, dann wird er nichts für Dich tun – alles für sich. Usw. Ça ira. Hier nichts Neues in Fossilien. War nicht in Utting. Hm? Trotz meiner vielen Pläne langweile ich mich. He? Du tust gut, Dir nichts einzubilden darauf, daß ich ein Narr bin, aber mitunter ist es schwierig (und es sind 8 Tage ⟨acht⟩)! Ich zweifle übrigens keineswegs daran, daß Du in Wiesbaden Erfolg haben kannst, aber ob es sich rentiert?!
Dein Hals paßt mir, wie er ist!
Ich küsse ihn, Marianne, spürst Du's?

Bert

Bitte, schicke mir die Rezensionen (auch wenn Du *nicht* drin stehst, he!)
Ich rufe morgen Recht an, daß er nicht nach Wiesbaden fährt!

[Augsburg, Ende August 1921]

16

Liebe Marianne,
ich bin so unruhig, als hätte ich einen Motor in mir drinnen, aber kein Steuer, ich harpfe zwischen Käfigstangen herum, hin und her und pfeife dem Wind. Meine Muskeln knacken schon beim bloßen Aufstehen.
Das Zeitungspapier ist nicht wesentlich. Es ist ganz gut so. (Der schlimmste Verriß sei gesegnet,

wenn er Dir vor Wagner hilft!) Wenn Dir nur die Aufführung Spaß gemacht hat! Übrigens: Was ist mit der Gagesache?
Ich denke, Du sollst die sicheren Einladungen französischer Wagnerschwärmer unbedingt ablehnen. Es würde die Linie verwischen. Ich freue mich aber, daß in Wiesbaden wenigstens Wind in die Segel geht!
In der Filmsache (zwei Anrufe) rutscht Recht hin und her, zögert mit der Herausgabe des Films, doziert vom Dezember, will mich auf Untätigkeit festlegen, Zeit gewinnen. Ich nicke und werde allein vorgehen. Du jedenfalls hast nichts zu tun, als nichts zu tun.
Jetzt habe ich also Zeit wie der Himmel und Ruhe wie das Zinn im Berg, Platz im Bett und der Himmel ist windstill weithin und ich könnte mit mir spielen wie das Watt zwischen den Stürmen – aber ich sage Dir: ich gäbe ein Pfund Nerven für den kleinsten Krach mit Dir und sieben Stunden Jagd auf Trams für ein winziges Gesprächlein. Ich bin nicht mehr allein mit dem Himmel und so weiter, sondern nur allein ohne Dich!
Und ich küsse Dich den Tag darauf, liebe Marianne

Bert

Vielleicht kann ich schon in etwa drei Wochen kommen!

[Augsburg, Ende August 1921]

17

Meine liebe Marianne,
ich spiele zumeist Billard oder mit den großen Ideen oder ich laufe in der Allee oder ich trinke mit Orge – aber ich habe keinen hellen Kopf.
Aber es ist ein großes Glück, jemanden liebzuhaben: ich sehe Dich in allen Deinen Kleidern und ohne die Kleider und dann denke ich, wie Du die Arme um mich legst und alles das.
Ich denke immer nach, wie ich es machen kann, daß wir immer zusammen sind.
Du mußt mir viel mehr schreiben. Ich warte immer darauf. Es ist nachts zwei Uhr

Bert

Hast Du meine zwei letzten Briefe nicht gekriegt?

[Augsburg, August/September 1921]

18

Liebe Marianne,
ich weiß nicht, wodurch ich Dich beleidigt habe – die letzte Woche war eine dunkle campagne –, aber ich bitte Dich um Verzeihung. Es ist so verdammt kühl, was Du schreibst! Woher soll ich das Geld nehmen, zu Dir zu kommen, vor ich nach Berlin kann? Hier ist nichts, was mich hält – als höchstens die Arbeitsruhe. Was heißt das: Du kannst nicht lang allein sein? Es ist dies ein furchtbarer Satz.

Ich bin eigentlich nur traurig über Deine kühle Verstimmung, will mich aber in Zukunft zusammennehmen. Aber es ist so elend hier.
Merkwürdigerweise freue ich mich nicht darüber, daß das ganze Theater über Deine Beine spricht. Wirst Du dort eigentlich keine künstlerische Aufgabe kriegen?
Ich komme jede Nacht recht spät zu Bett, da ich arbeite. Und ich wiege mich immer in die Freude, Du lägest neben mir und schläfst schon und ich schreibe für Dich.

Bert

[August/September 1921]

19

Meine liebe Marianne,
ein tristes Papierchen von Dir an einem Tannenreistag! Man hat mir einen Zahn gezogen und einen runden, schwarzen, steifen Melonenhut aufgestülpt und mich in Heigeis Salon verschleppt und sie bearbeiteten mich mit dem »Seemannslos«. Ich versank in Trübsinn und sie füllten Kirschwasser in mich, billige Sorte, Orge segnete mich und spielte das »Gebet einer Jungfrau«, und ich überflog mehrmals den Himalaja, bis sie mich aus schwarzen Gewässern fischten und mich an die Luft brachten, und einer hatte den Hut jetzt und einer sang das Lied vom roten Sarafan und einen fror es. Ich habe immer das braune Hemd auf dem Leib und das rote Krawättchen am Hals und streiche am Stadtgraben hin, die Uhr in der Tasche. Ich lese die Kriminalgeschichten nicht mehr, hough, ich kriege das Speien über dem

weißen Papier und ich wollte, ich läge auf Deiner Chaiselongue und wollte sonst nichts.
Ich küsse Dich ins Gesicht, meine Marianne!

Bert

Dann gestern, Sonntag, Frank. Geschiebe zwischen zwei Familien hinter dem spanischen Schirm. (Die Familie noch menschlicher.)
Bei den Kaffern trinkt man keinen Kaffee!
Du schreibst fast nicht!
Ich lasse das Gebiß mauern und das ginge bis Mitte Oktober. Aber ohne Zähne kann ich nicht nach Berlin und auch nicht zu Dir! Nicht?!
Aber dann: warum nicht in *Deinem* Haus? Sie reden mehr, wenn wir in einem Zimmer zusammen sind, als wenn wir in zweien!
Was macht die Meute?
Schreibt Recht?
Hast Du nicht einmal zwei Wochen frei?
Es friert einen hier, zwischen den Häusern!

B

[Augsburg, 5. September 1921]

20

Meine Marianne,
ich weiß nicht, warum Du meine Bitte, Recht höchstens rein geschäftlich und in keiner Weise mehr freundschaftlich zu schreiben, so auf die leichte Schulter nimmst. Er wird wieder sehr sicher. Es ist keine Besorgnis am Platz für den Fall, daß er kommt. Du wirst ihn abweisen, eindeutig.

Verzeih mir meine Verstimmung, aber ich wechsle mit niemand Briefe, der Dich beleidigt.
Hier ist es sehr langweilig. Ich schreibe. Ich spiele Billard mit Otto. Ich sitze im Kino. Dabei sah ich neulich die Orska. Es war fast prima. Sie kommt in Betracht.
Wie langsam die Zeit läuft! Man wird eine Versteinerung! Die Bäume der Allee bekommen braunes Laub, nichts verändert sich sonst. Ich quake keine Lyrik mehr aus dem Sumpf. Ich sitze im Kino. Ich spiele Billard. Ich schreibe.
Ich bin immer bei Dir. Es ist gut, daß Du schreibst, Du tust das Richtige. Es ist gut, wenn Du es weißt. Ich liebe Dich ohne Bedingung. Aber es ist gut, daß ich keinen Kummer haben muß. Du hast ein so schlechtes Metier. Vielleicht bin ich in zwei Wochen bei Dir. Wenn es zu lange dauert mit den Zähnen, komme ich vielleicht einmal »aus dem heitern Himmel«. Für einen Abend, zwei Abende. Zwei Nächte.
Ich kenne einen Mann, in Manhattan, der warf alle seine Kräfte auf eine Frau, er kämpfte mit ihr, er packte das Bessere in ihm auf sie, er belud sie mit seinen Illusionen, er verbarg seine Sorgen in ihr. Sie ging schwankend wie ein Schiff mit großer Fracht, sie schlingerte und konnte nur ganz kleine Segel aufsetzen. Aber wenn Sturm ging, lief sie sicherer als jedes andere Schiff, sie lag schwer in der Böung. Und der Mann lebte weiter in Manhattan, er betrieb sein Geschäft, welches von ihm verlangte, Tabakpflanzen zu verkaufen. Er hatte ein stilles Gesicht, magerte später ab, bekam dünn gelbe Haut über die Knochen, hielt sich aber gut in Form und trug keinen Trauring. Das ist ein Mann in Manhattan, dem Herz von Neuyork, überm Wasser.

Oft jetzt schlafe ich nicht. Die Nacht ist so gut wie der Tag. Sie sind beide nicht gut, ich liege im Hemd da, denke aber an Dich. Warum schreibst Du, ob ich trinke? Es ist nur, wenn mein Gehirn streikt. Ich weiß viel, was ich mit Dir tun will. Ich will sonst nichts denken, als was ich mit Dir tun will. Und das darf ich nicht denken. Ich lege Dir die Hand auf die Brust, sonst tue ich nichts. Warum schreibst Du so wenig?

Bert

Ich habe Dir den »Liebestod« geschickt. Wie ist das?

[Augsburg, Anfang September 1921]

21

Meine liebe Marianne,
es ist ein Sonntag nachmittag mit Sonne. Ich habe in der Allee gearbeitet. Jetzt danke ich Dir für Deinen Brief. Ich bin immer allein und trotte langsam, in mich »versunken« um den Erdball. Das Stück heißt »George Garga oder das Dickicht« und es handelt nicht von uns, aber es ist eine einzige Liebeserklärung an Dich. Es ist, als seien alle seine Proportionen von Deinem Körper genommen und die Milde der Worte von Deinem Gesicht, und von Dir ein Hauch ist noch das Goldene über den schwarzen Abwässern. Es ist die Betrunkenheit, die von unserm Bett aufsteigt, und drin ist die Linie Deines Halses und das Timbre Deiner Stimme, Dein Gesang, wenn er noch in der Höhe des Herzens ist. Es ist das »Poetische« darin,

kurzum. Hier ist ein Loch in der Luft, Du bist irgendwo, wie ich Dich liebe, ich kann nicht hin, ich liebe Dich mit Haut und Haaren.

[Augsburg, 18. September 1921]

22

Liebe Marianne,
jetzt habe ich vier Tage und Nächte gearbeitet, ich mache ein Stück, es geht leicht, alles fließt hinein, aber jetzt bin ich wie zerschlagen. Ich habe dazwischen immer auf Post gewartet, aber Du hast »viele Freunde« und »wenig Zeit« und ich bekomme nichts von Dir. Morgen sind die zwei Prozesse, ich kann es nicht hindern, obgleich ich Fieber habe von diesen Tagen und nichts mehr weiß von dem Zeug! Was treibt Recht? Hast Du ihm geschrieben? Ich sitze wie auf einer Insel, wenn ich arbeite, ist es gut, aber ich schlafe nie und das Essen widersteht mir. Was fängst Du an mit den Abenden?
Ich habe einen ganz entzündeten Kopf, wie Kiesel im Mund! Ich rücke hart vor in das Dickicht und zerlumpe beinahe. Dabei fürchte ich irgendein Fieber, das alles auswischt!
Warum schreibst Du nicht?

B

[Augsburg, 19. September 1921]

23

Liebe Marianne,
Du bist eine gute Frau und ich bin ein »Rauhbein« und danach schäme ich mich. Ich freue mich sehr, daß Du so ruhig hinlebst und es gern hast, daß Du verdienst, was Du brauchst, ich bin nur ungeschickt. Aber ich bin immer bei Dir, ich laufe viel in Gedanken herum, die Alleen hinauf und schlafe wenig und lebe auch ruhig, trinke fast gar nichts und bin sanftmütig und immer bei Dir. Mit meinen Zähnen wird es noch 3-4 Wochen dauern, es ist schrecklich. Es ist alles gezogen, sauber und es heilt schon, aber es muß ganz heilen. Ich komme gleich, wenn ich damit fertig bin. Kannst Du es Dir denken: ich wage nicht, an Deinen Körper zu denken, ich gebe mir recht sehr Mühe, ihn aus dem Kopf zu halten, sonst kann ich es nicht aushalten. Und ich küsse Dich ganz rasch

Bert

[Augsburg, September 1921]

*

Im September/Oktober 1921 arbeitet Brecht in Augsburg weiter an seinem Stück *Im Dickicht*. – Er ist immer noch ohne Zahnersatz (*Tagebücher 1920-1922*, 2. Oktober 1921).
Am 15. Oktober 1921 besucht er Paula Banholzer in Nürnberg, wo sie seit dem Sommer als Erzieherin arbeitet; am nächsten Tag reist er über Frankfurt a. M. zu Marianne Zoff nach Wiesbaden weiter.

*

24

Meine Marianne,
ich habe zu hart gearbeitet, es kam eine finstere Nacht mit allerhand Unterhaltungen für mich, die mir nicht angenehm waren, und dann wurde es wieder besser, jetzt arbeite ich wieder. Es ist eine sehr schwierige Arbeit. Da nun aber die Zahnarbeit nicht vor 2-3 Wochen beendet sein kann und ich vorher nicht gut wegfahren kann, auch fast kein Geld habe und gern das Honorar des »Neuen Merkur« abwarten möchte, bin ich jetzt durch Deinen Brief in einer starken Unruhe. Es wäre mir lieb, wenn Du Dich auf die 2-3 Wochen Alleinsein noch einrichten könntest, ohne »nicht so« zu sein, »wie Du sein sollst«. Ich habe nicht gefürchtet, daß diese Trennung von vier Wochen eine Belastungsprobe wäre, ich glaube es noch nicht. Aber ich sitze hier fiebernd auf einer Insel und mißverstehe vielleicht Deine Briefe etwas, ich bin ruhig und verkehre mit niemandem als Otto und erschrecke, wenn Deine Briefe flüchtiger werden, nichts mehr erzählen und so geschrieben sind als: ich habe Dir gesagt, Du sollst kommen! Und als: ich kann nichts dafür. Das ist nun alles sicher viel zu düster, ich schreibe sofort auf die Lektüre Deines Briefs und ich bin tief innen erschrocken. Ich bitte Dich, mir also zu erzählen, was ist, was Dich beunruhigt und all das. Ich möchte wissen, was Recht tut, ob Du ihm geschrieben hast, was mit dem Geld ist. Ich rate Dir, die Freunde zum Teufel zu schicken, das taugt nicht, wenn Du davon Skrupels kriegst. Es heißt in Deinem Brief, »weiß ich, daß ich nur Dir gehöre«, nämlich mitunter! Was heißt das? Es steckt ein

böses »eigentlich« darinnen! Verzeihe, wenn ich Dir weh tue, aber ich bin in Sorge und ich schreibe gleich. Ich habe nur Dich. Wenn Du meinst, daß es nötig ist, dann will ich jede Anstrengung machen, schon gleich heraufzukommen, für 2-3 Tage; es ist schwierig, aber wenn Du mich nicht beruhigen kannst (und Du *mußt* ehrlich sein!), dann kann ich hier doch nicht arbeiten, obwohl ich darinnen bin und fürchte, der Zufluß hört plötzlich auf.
Ich liebe Dich. Ich ertrage es nicht, wenn Du nicht sicher bist. Was soll ich tun?

Bert

[Augsburg, Ende September/Anfang Oktober 1921]

25

Meine gute Marianne,
Du schreibst, ich schreibe wenig, aber Du mußt denken: ich kann mich schwer auf dem Papier ausdrücken, ich bin ein Schriftsteller. Wenn man zusammen ist, dann redet man von den alltäglichen Dingen, die ich liebe, dem täglichen Brot und den Leuten, denen man begegnet ist. Das sind die Wahrheiten. Aber das Papier ist so hochmütig und sensationslüstern. Es klingt alles nur im Forte und dann steht es, das Gefühl, nackt und hilflos da, allein wie ein Waisenkind und fängt an zu lügen, oder verlogen auszusehen. Ich habe heute einen Rapsgarten gesehen, darin war eine solche Unordnung und Unruhe, daß es mich ergriff; (und ich war ganz erschrocken!) Oder: mein Bruder vollführte einen Veitstanz, ich hätte von

der Schnapsflasche gestohlen, und ich biß die Zähne zusammen vor Ärger auf ihn, denn es war wahr, liebe Marianne! Aber das sind die repräsentativen Neuigkeiten, die fürs Schaufenster! Trotzdem sind sie wahr. Aber dann habe ich auch noch mit Otto gesprochen, er sagte etwas Billiges und ich rächte mich. Und mittags kam mitten im Arbeiten die Zeitung und ich unterlag und fraß den Dreck, statt im Fluß zu bleiben. Und eigentlich ist das schon alles und es war sogar noch ein ereignisvoller Tag! Denn das Arbeiten geht in einem Trott und man kann nicht darüber schreiben, das Papier ist so eifersüchtig! Aber das große Gefühl, das dahinter steht, das kann man auch nicht ausdrücken. Ich will Dich immer haben und es ist nie schwächer und nur mein Gehirn ist schwächer oder stärker und mein Haß gegen das Papier. Es ist so, daß ich sehr froh wäre, wenn Du noch auf 2-3 Tage nach München kämst, vor ich komme, es wäre sicher richtig, wir leben nicht 80 Jahre und nichts ist so wichtig wie Dein Gesicht und ich bringe Dich schon wieder fort, ich wollte sehr, daß Du kämst, und sicher würdest auch Du ruhiger. Seit Du davon geschrieben hast, geht es mir durch den Kopf und ich kann nicht dagegen an. Was meinst Du dazu? Es wäre herrlich!
Ich rede immer abends mit Dir und dann küsse ich Dich und lege Dich ins Bett. Das dauert meist lang.

Bert

Da Recht auf meine telefonische Erkundigung nach den Photos sehr unhöflich gegen mich war und mich allzu gleichgültig anlog, bitte ich Dich übrigens, Deine Korrespondenz mit ihm aufs

Äußerste einzuschränken und ihn keinesfalls zu empfangen. Es liegt mir viel daran, daß er merkt, daß wir zusammen reagieren.
Hast Du den Film bekommen?

[Augsburg, Anfang Oktober 1921]

26

Liebste,
wie langsam die Zeit rinnt! Ich trotte seit 7000 Jahren die Allee hinauf, mit dünnem Papier in der Tasche. Abends werde ich auf dem Plärrer gesehen, wie ein Mammut, 1200 n. Christi Geburt. Und erst gestern bin ich mit Dir im Wasser gelegen und erst heute nacht habe ich mit Dir geschlafen. Wer sich fürs Theater interessieren könnte! Wie ich mich langweile! Jetzt ist mein Leben wie aus der Zeitung! Ich glaubte keinen Augenblick, daß Du in zwei Tagen hier sein könntest. Das kömmt nicht vor.
Du bist noch gut daran, daß Du tanzen kannst, noch soviel Phantasie hast. Ich bin vor Schiffschaukeln gestanden und habe mit keiner Wimper gezuckt. Genau als sähe ich Pflasterern zu. So faul. Wie alles überschwemmt ist mit Mitmenschen! Diese klebrichen Viecher, feucht-fröhlich, gutmütig, froschfingrig und ernsthaft! Ohne Inventar, aber mit ewiger Inventur. Das gibt immer die gleiche Antwort. Füllt keine Stube. Macht keine Mühe. Will in Ruhe gelassen werden (wo es nichts zu tun hat!). Ich liebe Dich.
Was soll ich hier aufschreiben? Ich bringe Dich jeden Abend zu Bett, mit eigenen Händen. Du

weißt es. Es ist alles ein ziemlich kleines Eiland und mit Getier, Dämmerungen und so und nur wir zwei leben drauf und ich denke, unser Gebälk ist sicher, es ist aus Luft.
Ich lege immer die Hand zwischen Deine Brüste, das macht so ruhig.

Bert

Hoffentlich kann ich Mitte nächster Woche zu Dir!

[Augsburg, Anfang Oktober 1921]

27

Liebe Marianne,
es ist frischer Wind hier, man kann gut arbeiten. Ich bin einen Nachmittag auf dem Oktoberfest gewesen, sie trinken dort fabelhaft Bier und der Körper Salomes ist 50 000 Mark wert, aber nicht entfernt so viel wie Lionel der Löwenmensch, der Liebling der Damen. Ich habe Dein Kleid in meinem Schrank gefunden und mir dabei einiges gedacht … aber es ist nicht gut, wenn eine Frau hochmütig gemacht wird. Und sicher machst Du viel falsch. Du solltest Recht nicht »viel schreiben«, es ist sicher ganz falsch und vieles andere auch, aber vielleicht macht es nichts, ich hab Dich lieb. Aber einmal komme ich Hals über Kopf eines Abends und dann rutschst Du herein. Ich habe gute Filmpläne, wir werden Kunst machen und dann werden wir frische Luft um die Köpfe haben und uns um nichts kümmern als um uns. Du sollst keine Zugeständnisse machen, ich glaube nicht,

daß Du je wieder das Gesicht kriegen kannst, das Du im Winter hattest, aber Du mußt achtgeben, es ist mir unendlich lieber, wenn Du etwas verpatzt, wir müssen alles groß anschauen, ohne Diplomatie. Ich glaube bestimmt, daß Du große Kunst machen kannst.
Das Wichtige will ich Dir alles ins Ohr sagen.
Ich nehme Dich in den Arm, Du!

Bert

Mein Stück heißt »George Garga oder Das Dikkicht« und Du mußt mir mehr schreiben, sonst bringe ich es nicht fertig!

[Anfang Oktober 1921]

28

Meine Marianne,
jetzt habe ich das Schreiben Tag für Tag verschoben, der Ungehelltheit wegen. Ich sitze auf einem Wust von Papier, Diktaten, Notizen etc. Wie ich mich herauswinde? Ich denke jetzt am Sonntag zu fahren! Hast Du ein Zimmer? – Ganz zuletzt noch eine schreckliche Affäre (nicht um mich!) und, gleichfalls seit Wochen verschoben, Reise nach München, Geschäfte, weiß der Teufel, das »Dikkicht« frißt alles, Ottos Kirschwasser und Affären, aber der Mantel und die Zähne sind all right, die Hauptsache! Wie still es ist, es ist Nacht, ich habe weißes Licht auf dem Tisch, mit einem Fließblatt abgebunden! Jetzt bin ich bald bei Dir!
Es ist schlimm mit mir: ich bin gewiß ein Quartalssäufer, ein Quartalsarbeiter und ein Quartals-

taugenichts. Jetzt tue ich nichts als dies da: George Garga sitzt im Dickicht und es macht mir Spaß, ihn zu belauern. Aber Dich liebe ich immer, genügt ein Jahrhundertquartal?
Jetzt sitze ich also in dieser Budike und zwischen den Tapeten flattern die Ideen wie Nachtfalter und ich verhindere, daß sie in das Tintenfaß fallen – viel lieber in das Kirschglas, das ich aber selbst meide!
Wie auf einer Insel! Ich muß mich damit beschäftigen, die Vögel des Himmels zu speisen, die mir dafür auf den Kopf sch....n. Gewiß. Wie unzulänglich diese Tiere sind mit dem Armeleutegeruch aus dem Hals!
Aber wir sind allein im Gebälk. Unter den Millionen und Du singst. Meine Geliebte! Dies ist eine solche Ruhe!
Jetzt schlafen sie unten und in allen Häusern und auch du schläfst wohl und ich lege mich wieder zu Dir, immer wieder, seit vielen Monaten, ohne Eile und immer verliebt.

Bert

Otto läßt für den Brief danken! Man grüßt Dich! Ich freue mich.

[Augsburg, Anfang/Mitte Oktober 1921]

*

Von Wiesbaden aus unternimmt Brecht am 7. November 1921 seine zweite Berlin-Reise, um bei Theatern und Verlagen für sich zu werben. Er wohnt, wie im Jahr

zuvor, zunächst bei Franz (Frank) Warschauer, den er aus der Münchner Studienzeit kennt, später in der Ziethenstraße 6.
Bislang nur den Kennern ein Begriff wird Brecht als neue Begabung herumgereicht. Das Romanische Café und das Künstlerlokal von Änne Maenz sind zentrale Orte, an denen Brecht verkehrt. Er trifft hier die Filmschauspielerin Olga Tschechowa und den Filmdramaturgen Jarosy, die ihm den Auftrag zu einem Film geben. In Potsdam kommt er mit Hermann Kasack, dem Cheflektor des Kiepenheuer Verlags, zusammen; Brecht verhandelt bei dieser Gelegenheit das erste Mal über seine Balladensammlung *Hauspostille.* Kasack macht ihn mit dem Dramatiker Heinrich Eduard Jacob bekannt, und der Dichter Klabund vermittelt ihn an den Erich Reiß Verlag.
Außerdem kommt es zur ersten Begegnung mit dem Schauspieler Alexander Granach, der im Jahr darauf den Andreas Kragler in der Uraufführung von *Trommeln in der Nacht* spielt. Brecht nutzt die Zeit zur Beobachtung aktueller Inszenierungen, z.B. im Lessing-Theater Henrik Ibsens *Wenn wir Toten erwachen* (7. Dezember) und nimmt im Deutschen Theater an Proben zu August Strindbergs *Ein Traumspiel* unter der Regie von Max Reinhardt teil (12. Dezember).
Ende des Jahres erhält Brecht Verlagsangebote von Gustav Kiepenheuer und Erich Reiß; er einigt sich schließlich mit dem Erich Reiß Verlag: Der von ihm am 24. Dezember unterzeichnete Vertrag umfaßt den *Baal* und alle in der Zeit vom 1. Januar 1922 bis 31. Dezember 1924 neu entstehenden Stücke. Über Kiepenheuer kommt er mit der Terra-Filmgesellschaft in Verbindung und nimmt mit dem Produzenten Richard Oswald Kontakt auf.
Während dieses sehr ertragreichen Aufenthaltes

arbeitet Brecht weiter am *Dickicht* – eine erste vollständige Fassung wird in den Wintermonaten in Berlin fertiggestellt –, an seinem Stückprojekt *Die Päpstin Johanna* und an Filmplänen. Zu Projekten des Jahres 1921, die unrealisiert bleiben, gehören u.a. *Drei im Turm*, *Das Mysterium der Jamaika-Bar* und *Der Brillantenfresser* (vgl. *Tagebücher 1920-1922*); auf welches er sich in den Briefen bezieht, läßt sich nicht sagen.
Ab 21. Dezember ist auch Marianne Zoff in Berlin; sie erhält dort einen Brief ihres Wiesbadener Intendanten, worin ihr vermutlich mitgeteilt wird, daß ihr Vertrag nicht verlängert wird (25. Dezember).

*

29

Meine Marianne,
das Abteil schwatzte über Kartoffelschiebungen, ich rauchte und trank, machte dunkel unter Protest, schlief schlecht, zählte die Stunden an den Fingern, tappte im Regen aus dem Zug, in die Tram, aus der Tram, in die Wohnung, *mit* zwei Koffern *ohne* Köpfe, das Zimmer ist minimal, finster, immer kalt, Du siehst es an der Schrift. Dann beginnen die Tagemärsche durch den Steinhaufen, Feldzüge quer über Granit, durch Granit, Papier in der Tasche. Ich diktiere vormittags, esse kalt, mache die Wege doppelt, begucke nebenbei Chaplin, Bassermann als Kean (mein Gott, wie das geht!), jetzt drängle ich mich überall ein. Es wird dauern, aber es wird gehen. Eben schreibe ich auch heim, ich habe niemand hier, Kramer ist, scheint's, fortgeflogen oder tot. Die Hedda habe

ich einmal antelefoniert, wegen Post: es war nichts da, sie hatte einen traurigen Bariton, auf den auch eine Maorifrau nicht eifersüchtig sein kann. Was tust Du? Wirst Du dick werden? Ich wollte es fast. Nein: ich will es wirklich. Jetzt muß es ja gehen. Es friert mich im Bett, es ist bunt überzogen, dünn, ich decke mich mit Dir zu.
Immer komme ich abends heim, zu müd zum Reden, zu Dir und schlafe mit Dir.

Bert

[Berlin, November 1921]

30

Liebe Marianne,
ich habe Dich lieb und ich habe nachgedacht und ich glaube jetzt, Du mußt mir die Hand geben und ein wenig folgen, es tut nicht weh. Ich mag nicht mehr, daß Du zu Hagemann gehst, bitte lehne die Einladungen ab. Ziehe es auch nicht hinaus, sondern erledige es. Sage ihm deutlich: ich will nicht und ich werde verhindern, daß Sie sich verlieben. Oder sage ihm von mir, wenn nötig. Ich habe wirklich das Gefühl, das ist das Beste, und ich bitte Dich, mach es so, und küsse Dich, liebe Marianne.
Hier ist nichts los, der Film ist in einigen Händen usw.
Es wird sich vielleicht doch machen lassen, daß Du an Weihnachten herkommst, vielleicht können wir bei Warschauer wohnen. Ich habe eine große Freude darauf. Aber Du mußt 14 Tage Urlaub haben. Hm? Vom »Neuen Merkur« habe ich 300 Mark gekriegt. Mit der Hedda bin ich sehr zu-

frieden gewesen, dann hat sie eine Krise in sich inszeniert und ist wieder tragisch geworden. Dabei ist der junge Mann ganz ausgezeichnet, ein großer Brocken, ethisch, gründlich und unentwegt, ich sah ihn einmal, er kam zu mir. Ich bin immer auf den Beinen, rede mit Leuten, sitze in Theatern.
Was tust Du? Ich muß noch einmal sagen, daß es nicht falsch war, wie Du Dich bisher verhalten hast, aber jetzt schwenke darin um, ich habe Dich sehr lieb und Du darfst nicht wieder frech angeschaut werden oder irgendwelche Anstrengung nötig haben müssen.
Ich nehme Dich fest in den Arm

Bert

Du hast versprochen, öfter zu schreiben, aber Du tust es nicht.

[Berlin, November 1921]

31

Liebe Marianne,
ich möchte, daß Du ganz diese beiden Worte auf die Zunge kriegst, es ist der ganze Brief drinnen, mehr ist nicht da, ich sage immer: liebe Marianne, und ich meine es ganz so. Ich bin dadurch nicht allein und imprägniert mit Eis, voll Politik, Panorama und Mimik bin ich dadurch ein guter Mensch oder so etwas. Hier ist es so langweilig wie anderswo, Warschauer heiratet, sonst ist niemand da und bisher habe ich noch nichts verdient. Hast Du wieder Freunde, machst Du noch

Dummheiten? Ich möchte es nicht, es paßt nicht so gut zu Dir (wie Du im Sommer warst und im Winter, nicht?). Macht Dir das Theater Spaß? Ich denke wohl, da Du jetzt die neue Oper einstudieren wirst! Aber es ist alles unwichtig, nur etwas Wärme und Essen und Du ist wichtig und daß man sich gut hält. Du schreibst so wenig, warum? Ich laufe viel und kann überhaupt schlecht schreiben, aber Du mußt es, Du mußt mir das Zimmer etwas licht machen am Abend, wenn Du auch 200 Kilometer weit bist! Ich lege meinen Arm um Deinen Hals, Liebste!

B

[Berlin, November/Dezember 1921]

32

Meine Marianne,
es ist gut so. All right. Wenn Du in Wiesbaden nicht mehr leben kannst, mußt Du zu mir kommen, das ist doch klar, warum schreibst Du so verflucht zweifelnd? Ob wir gleich in den Film kommen, weiß ich nicht, ich stehe nach drei Seiten hin in Verbindung, es ist nicht gerade einfach, wenn es auch gehen wird, aber das ist ganz gleichgültig. Ob wir gerade in Berlin bleiben, ist auch ungewiß und *auch* gleichgültig. Ich freue mich so sehr, mit Dir zusammen zu sein, so, daß wir nicht mehr auseinander müssen. In Wiesbaden den Krempel einfach hinschmeißen, wenn möglich, aber auch wenn unmöglich, wenn es nötig ist! Formell im Recht zu sein wäre natürlich gut, wegen Frankfurt. Das mußt Du klug anpacken, es darf nicht gerade aussehen, als liefst Du einfach fort. Aber das

geht ja. Ein Engagement für nächstes Jahr sollten wir, wie ich glaube, im Aug behalten. Hetz Frankfurter drauf und fahr vielleicht selber nach Frankfurt. Ein Kontrakt ist gut, brechen kann man ihn immer. Hier werde ich inzwischen Zimmer suchen, zusammen mit Warschauer, der heiratet und also auch sucht. Wenn Du glaubst, es sei möglich für Dich, in Wiesbaden zu bleiben, bis ich hier was habe, dann mußt Du den Urlaub auf Weihnachten legen. Aber es ist auf *alle* Fälle ausgeschlossen, daß ich Dich nach Wiesbaden zurückkehren lasse, wenn Du dort so leidest und Besserung der Lage nicht zu erwarten ist. Das mit der Lunge macht mir trotz allem viel mehr Sorgen. *Liebe* Marianne, schone Dich doch, laß die Rollen zum Teufel fahren und komm zu mir, wir werden uns schon durchbeißen! Es ist doch wahnsinnig, wenn Du Dich jetzt krank arbeitest, sieh an, die ganze Misererei dauert doch wahrhaftig nicht mehr lang!
Du mußt Deine Hand in meine tun, liebe Marianne.

Bert

Tue die äußeren Dinge ganz *einfach* und kümmere Dich nicht allzusehr darum, denn ich habe Dich lieb und ich kümmere mich!

[Berlin, November/Dezember 1921]

33

Meine Marianne,
ich bin sehr froh über die Wendung, die die Recht-Geschichte genommen hat. Es ist ein wirklicher Erfolg, ich küsse Dich auf den Mund, liebe Freude.
Daß Du die Kraft hattest, die Theatersache hinzuwerfen, ist auch gut, wie ich glaube. Ich bin hier Tag und Nacht auf den Füßen, um zu realen Grundlagen zu kommen, und werde bald Berlin in *meinen* Fangarmen haben. Ich bin gut in Form, frisch und in harter Heiterkeit; ich wünschte, daß Du nun die Sache in meine Hände legtest und mit Frische und Zuversicht fortfährst, wie Du begonnen hast. In Wiesbaden kannst Du nicht bleiben; wenn es auch gut wäre, wenn Du bis Anfang Februar noch aushieltest, zumal mit Deiner Schwester. Ende Januar treffen wir uns. Gleich jetzt aber bitte ich Dich, mir ganz schnell zu schreiben, ob es Dir recht ist, wenn ich Dich dann nach München bringe, Du könntest eventuell in meinem Zimmer wohnen. Da Du mit Recht fertig bist, hättest Du dort Deinen Bruder, Deine Schwester, Kiki und, ab März wahrscheinlich, mich, wenn ich Dich nicht nach Berlin hole. Es handelt sich um zunächst zwei, dann noch vier Wochen. Allein darfst Du nicht bleiben, wie ich aus Deinen Zeilen ersehe. Oder willst Du woanders hin von Wiesbaden aus? Dort ist es gar nichts für Dich. Gleich kannst Du nicht gut hierherkommen, da kein Zimmer da ist und ich von früh 8 – nachts ½ 1 weg bin, noch für Wochen. Aber im Notfall kannst Du auch hierherkommen, natürlich. Nun, das weißt Du alles.

Ich habe das gute Gefühl, daß jetzt alles klarer ist und besser und übersichtlicher (und auch hier gelingt mir viel), und ich freue mich sehr auf Dich und es wird ein guter Sommer. Ich bin nicht lyrisch gestimmt, habe Dich sehr lieb und warte nicht so geduldig, wie Du glaubst.
Liebe Marianne!

Bert

Bitte schreib mir sofort!

[Berlin, November/Dezember 1921]

34

Meine Marianne,
ich lese eben Deinen Brief, es ist kalt, ich kann schlecht denken. Man kann hier kaum leben, in dem Ghetto, es schneit in einen. Und doch muß ich die Technik hier herauskriegen, wie lang es dauert! Ich denke immer an Dich, während ich herumstiefle und friere und Petroleum kaufe und diktiere – ich kann das nicht auf das Papier schreiben! Wie kann man es machen, zusammenkommen? Hier kann ich keine »Dame« empfangen, auch nicht Schwester oder Braut (bist Du sonst froh darüber?) und es ist so sehr kalt und klein! Es ist ein buntes Bett und schmal und aus Eisen und die Leute sind arg! Vielleicht komme ich lieber nach Wiesbaden, aber morgen erkundige ich mich weiter, wo wir sein könnten! In den Geschäften gehe ich stiermäßig vor, erwarte nicht zu viel und benütze alles. Ich bin froh darüber, daß Du anscheinend das Richtige tust bei Hagemann, man darf ihm keinen kleinen Finger reichen. Laß

Dich nicht einwickeln mit Kunst, ich bin so froh, daß Du so gesund bist. Ich hoffe auch, daß Du ganz ruhig bist. Es geht alles in der richtigen Weise, wir sind schon viel weiter gekommen und haben uns lieb und ich bin froh darüber, daß Du bist, wie Du bist. Vielleicht verkaufe ich plötzlich meinen Film, dann ist alles anders, nicht? Und ich bin immer bei Dir und drücke Dich nachts an mich und Du schläfst an mir ein, jede Nacht!
Wir müssen an Weihnachten Zeit haben, vielleicht komme ich überhaupt besser nach Wiesbaden als Du nach Berlin? Du bekommst sicher zu wenig Urlaub! Und ich will Dich lang haben, ich bin immer allein, meine Stimme rostet ganz ein, alle Abende sitze ich in einer kleinen schlimmen Bierstube in der Wärme, warum muß man sich so abmühen um das bißchen, was man von außen braucht, wenn man liebt! Aber der Winter muß hinuntergestampft werden und wir müssen rein herauskommen und wir werden es, so schwer ist es nicht! Das Papier verträgt nichts, aber ich nehme Dich fest in den Arm und küsse Dich auf den Mund und bitte Dich, immer ruhig zu sein, wenn Du an mich denkst

Bert

Arbeite doch und lies, statt des Tanzens, aber Du tanzt ja wohl auch nicht! Lies Döblin und Dostojewski an den Abenden und trainiere Dich im Alleinsein! So mache *ich* es. Ich freue mich, daß Du nicht mehr bei den Kittleuten herumsitzt, das war es, was ich neulich meinte, es ist nichts für eine Frau! Ich habe Dich lieb, daß Du so tapfer bist, liebe Marianne! Meine liebe Marianne!

[Berlin, November/Dezember 1921]

35

Meine Marianne,
was ist das für ein schrecklicher Brief, warum hast Du selbst so lang nicht geschrieben, in meiner Bude kann man nicht gut schreiben, ich bin auch immer auf den Beinen, von früh bis nachts, und auch nachts. Es sind viele Leute da, sie defilieren kolonnenweise oder bilden Tapeten, gehen mich nichts an, sollen nur Hühnerleitern sein oder Kanonenfutter. Es ist kalt und ich bin allein und diese Stadt brüllt wie am Spieß und es mißfällt mir nicht, ich habe die Augen auf und komme auch vorwärts. Was für Opfer, Anstehen, treppauf, treppab, Abortwandvisagenvisite, ganz Ohr vor idiotischen Grammophonen und kein Mensch, kein Mensch! Aber das ist gut! Ich bin hier wie in der City und Du bist außerhalb, für Dich ist es, ich sehe Dich also wochenlang nicht und doch bist *Du* es, Marianne. Man muß mutig sein und Du bist mutig. Man lebt in der größten Stadtdschungel der Weltgeschichte, es ist also Frohsinn nötig und dicke Haut gegen Kälte. Aber ich denke, Du fühlst es, wie ich Dich halte und um Dich bin und jede Nacht an Dir, über Dir, Dich ganz zudecke, Liebe, und Du kannst ganz ruhig sein, denn ich bin auch ruhig. – Kannst Du Dir nicht Kohlen verschaffen? Laufe doch durch die Geschäfte, bestich dort jemanden, hänge einen Nachmittag hin, es ist ganz wichtig! Und zieh dicke Strümpfe an, um Himmels willen, zwei Paar dickste Strümpfe! Kannst Du gegen die Langeweile nicht lesen, Döblin und Stendhal? Ich freue mich unsinnig auf Dich! Nein, Kimratshofen ist unmöglich, denn ich müßte wieder nach Berlin zurück danach und die Fahrt ist

zu kalt für Dich, 15 Stunden Bahn, dann zwei Stunden kaltes Auto, dann ungeheizte Zimmer, wo denkst Du hin? Und dann wieder zurück?! Und Dich hätte ich gar nicht, das ist ja ausgeschlossen! Wozu gibt es Ostern, wo ich noch dazu mehr Geld zu haben hoffe!!! Übrigens, hast Du Geld? Soll ich Dir die 500 schicken? Du mußt viel essen, auch abends und Dir warm machen, Marianne! Übrigens scheint es vorläufig, d.h. im ersten halben Jahr zumindest, ganz völlig absolut ausgeschlossen, daß *Du* in den Film zu bugsieren bist, das ist eine Schweinegesellschaft. Aber wenn *ich* hineinkomme, was etwas leichter ist, und ich hoffe jetzt fast bestimmt, daß das sehr bald geht (ich stehe jetzt mit vier Seiten in Verhandlung, Dr. Spiro darunter, der lau ist), dann brauchst Du ja nichts zu verdienen. Na, ça ira! Ich bitte Dich zu glauben, daß ich angestrengt tätig bin, Geld zu machen, so wie ich es nie für möglich gehalten hätte, aber in einem halben Jahr kann man nicht eine Pfründe ergattern, und ich brauche *zwei* Pfründen! Aber wie ist es jetzt mit Hagemann und den andern? Du mußt mir wahrhaftig mehr schreiben, ich tue es auch! Wenn Du mich brauchst, komme ich natürlich noch, vor *Du* kommst! Ich kann sowieso kaum warten, ich liebe Dich, liebe, liebe Marianne

Bert

Was tut Recht?
Bitte, schick mir mit Deinem nächsten Brief die kleine Photographie von mir, Du kriegst sie wieder! Die ich Dir das letztemal gab, Profil!

[Berlin, November/Dezember 1921]

36

Liebste Marianne,
es ist kein Brief mehr von Dir gekommen, nach dem kühlen letzten, ich schlage mich tüchtig mit dem »Dickicht«. Jetzt bin ich in einer Tram, vorhin habe ich von der Plattform aus hinausgespieen, es schneite mir ins Gesicht; ich bin nicht sehr wohlauf.
Ich denke mitunter an Augsburg, den Winter, nachts in meinem Zimmer, wo es immerhin warm war und so überaus gut sein; an München und Weihnachten. Hier rudre ich zwischen diesem kleinen Gewürm herum, raufe mich ab, streike, gebe mir wieder einen Ruck und warte auf Briefe von Dir.
Du solltest nicht herumfahren, sondern das Geld zusammenhalten für Sommer und Winter. Und mir schreiben, was Du brauchst, und die runde Summe lassen, hörst Du! Das ist sehr wichtig.
Langsam, je mehr sie mich verbleuen, kommt ein guter harter Ton aus mir heraus, ich grinse mannigfach und meine Freundlichkeit kratzt man mir rapid ab.
Ich fürchte, daß ich Dir zuletzt zu trist geschrieben habe, denn Du weißt ohndies, daß ich Dich brauche. Jetzt warte ich auf Deine Antwort, es ist häßlich von Dir, daß Du nicht schreibst, und ich habe Dich lieb.
Jetzt friert es mich abscheulich, ich gehe gleich zu Bett. Wo bist Du?

Bert

Ich nehme Dich in den Arm, Marianne!

[Berlin, November/Dezember 1921 ?]

37

Liebe Marianne,
ich komme zu Dir
Ich habe Dich lieb
Ich komme ganz zu Dir
Es ist eine graue Stadt hier
Aber ich schlafe mit Dir ein
Liebe Marianne

[Berlin, November/Dezember 1921?]

38

Meine Marianne,
jetzt bin ich etwas betrunken, nicht viel, kaum, ich bin es gar nicht, es war ein so voller Tag, ein so leerer Tag, so viel Betrieb. Zuletzt war ich bei Maenz mit dem Granach, er schwatzte und kaufte Kirsch für uns, unter vielen Leuten, vielen Leuten, Visagen wie Abortwänden, Hydranten! Zuerst in Potsdam beim Kasack, dem ich einen Filmakt brachte für Terrafilm. Vielleicht geht das, aber es ist alles Kautschuk, was zum Kauen, aber nicht Schlucken, dann aß ich im Stehen, arbeitete mit Klabund einen Generalvertrag mit E. Reiß durch, sie schwatzten mir Löcher in die Brust, es wurde schon dunkel, ich mußte ins Theater. Ibsen. Durieux, Steinrück, Dorsch. (Mist mit Leuchtwürmern usw.) Dann mit Warschauer und einem Drramatikkker H. E. Jacob im Auto (!) zu Maenz. Verbindungen, Rauch, Geschwätz, Dein Gesicht an der Wand! Wie langweilig der Betrieb, was für eine menschenleere Stadt! Wann kommst Du? Ich

habe Kohlen besorgt dafür. Ich kämpfe um ein Zimmer. Du *mußt* Urlaub kriegen (Engagement, München, Bruder krank! Lunge!). Hier fange ich doch an, ein Fundament zu mauern, Du mußt nicht mehr lang aushalten, Liebste! Wann kommst Du? Dann mußt Du durchbrennen, Du kannst nicht nach München, ich brauche Dich nötiger, o Marianne, die Nächte!

Bert

Wann?
Wie kalt es ist. Es ist zwei Uhr.
Liebe, liebe Marianne!
Was ist mit Recht?

[Berlin, Anfang Dezember 1921]

39

Meine liebe Freude,
das schreibe ich auf einem Omnibus, das Rad hat mich wieder. Ich trabbe mit einem kalten Galgenhumor durch allerlei menschliche Bezirke mit unterschiedlichen Kältegraden. Mit Reiß habe ich abgeschlossen. Dein Brief ist etwas niedergeschlagen, ich trage ihn mit mir, er wiegt 50 Pfund. Sie sollen uns in Wiesbaden usw. Schreibe an Busch und Walter. Warst Du in Frankfurt? Das Wichtigste: Du mußt Krankenurlaub haben! Nach München kannst Du nicht, bleibe, wenn möglich, in Wiesbaden, solang es geht. Vielleicht gelingt mir jetzt endlich hier einiges und wir können *beide* nach München. Der Sommer in der Gegend ist ja schon sowieso beschlossene Sache, nicht? Vor allem mußt Du Dich mit Humor verprovian-

tieren. Wir sind von der *morgigen* Generation! Hier wächst mein Ruf fabelhaft. Einige Projekte gewinnen Umrisse. Du mußt nicht verzweifeln. Über Burschen wie Hagemann *lachen* wir, meine liebe Freude! Solcherlei kommen noch Legion! Du glaubst selber nicht, daß ich Dich nicht mag, wie Du bist. Wie anders? *Liebe* Marianne! Du mußt mir schnell wieder schreiben! Es ist eine kalte Arbeit hier! Ich schlafe immer mit Dir. Meine liebe Freude, ich küsse Dich auf den Hals

Bert

Es ist doch klar, daß Du herkommen mußt, wenn es Dir schlecht geht – oder mich rufen!
Warschauers sprechen sehr nett von Dir. Sie würden sich *sicher* freuen, wenn Du ihnen schriebest!
Wie dankte Recht für Deine Geschenke?

[Berlin, Dezember 1921]

40

Meine liebe Freude,
jetzt fange ich also an mit meiner barbarischen Erwartung! Zwei Tage: wie gut ist das! Wir können uns auf dem Anhalter nicht verfehlen, aber Du wohnst die ersten Tage bei mir, Ziethenstr. 6 (Haltestelle Nollendorfplatz).
Du kannst Noten mitbringen, es ist ein wunderbares Klavier da. Und die rote Zigeunerbluse, das blaue Kostüm, den braunen Federhut! Hadere nicht deswegen mit mir, Du darfst auch ohne das

kommen. Ich habe alle Leute (das sind nicht viel) ausgeladen auf zwei Wochen. Wenn *Du* krank bist, mußt Du aber doch Schlafwagen fahren (Samstag abend). Ich habe etwas Geld, etwa 700 Mark, das ist freilich nicht viel, aber es geht. Aber vielleicht geht auch bald die gute Zeit an. Es sind Schwalben da. Aber wenn wir zusammen sind, ist immer gute Zeit, *liebe* Marianne!
Ich habe Dich ganz in meinen beiden Händen

Ich pfeife dann. Bert

[Berlin, Mitte Dezember 1921]

41

Meine Marianne,
ich komme baldmöglichst wieder hinüber, es ist hier nichts Rechtes los. Was machst Du? Ich schlafe wenig, aber immer mit Dir.
Ich küsse Dich

Bert

[1921/22?]

42

Meine liebe Marianne!
Ich habe etwas geträumt: es war so, daß ich irgendwohin mußte, sehr eilig, man holte mich, aber ich hatte auch selbst das Bedürfnis, es war finster und es schneite sogar. Aber ich ging nicht, man rief und ich wollte kommen und konnte nicht und ich hatte das Gefühl, ich hätte keine Kleider,

keinen Schnaps für die kalte Fahrt (ja auch das!), kurz: nichts, ich konnte nicht. Dann ging ich aber doch, wiewohl niemand mehr da war, und es pfiff ein bitterer Wind, ich hatte nur Hemd und Hose, es schneite grausam und ich lief zu Dir. Du bist in einer schmalen Kammer gelegen. Du hast geschlafen und ich habe Dich aufgeweckt. Und ich machte das offene Fenster zu gegen den Schnee und legte mich zu Dir. Du warst sehr warm, ich wollte nie mehr fort.
Ich denke mir, wie gut es ist, jemanden zu haben, weit fort, bis nach China hin, aber es ist so sicher, und wie weit es ist, dort ist man zu Haus. Dieses Zusammengehören ist endgültig, wie mit der Heimat, und man vergeht nicht, wenn man liebt. Jetzt ist es Nacht gegen Morgen zu, ich sitze im Hemd über dem Papier und denke an Dich, ich liebe Dich so sehr, keine Jungfrau ist so rein wie eine Frau, die liebt, und sonst gibt es nichts Reines, wo auch?! Aber jetzt friere ich doch und ich lege mich zu Dir.

Bert

[1921/22?]

43

Liebste Marianne,
Du bist nicht fröhlich am Telefon und ich stiefle bekümmert wieder hinauf. Es ist eine schlimme Zeit, krank sein ist schlimm, aber hast Du mich nicht lieb? Ich tue viel Falsches, aber ich habe Dich lieb. Ich wollte, Du wärest fröhlich in Deinem Bette; ich küsse Dich immerfort und Du bist meine liebe Freude, meine kranke liebe Freude,

ich küsse Dich. Es soll weg, was dazwischen ist und weshalb Du so niedergeschlagen bist am Telefon, es *ist* weg, nicht? Ich will, Du sollst ruhig sein, Du kannst es. Du weißt auch, daß Du es kannst, liebe Marianne, warum machst Du mir also Kummer? Ich mache Dir keinen mehr. Bitte küsse mich, ich lege mich zu Dir und decke Dich selber zu mit mir und küsse Dich, daß Du nichts sagen kannst, sondern glaubst, liebe, liebe, liebe Marianne.
Liebe Marianne!

[1921/22?]

44

Liebe Marianne,
ich kann nicht gut schreiben
ich weiß, daß ich nicht gut gewesen bin, ich habe auch gelogen und mein Gesicht kaputtgemacht, aber ich bitte Dich, liebe Marianne, bei mir zu bleiben.
Gegen meine Faulheit und Schwäche will ich vorgehen, ich habe auch viel gelogen, aber
ich liebe nur Dich
Ich liebe Dich, Du kannst nie fortgehen und Du liebst mich auch, alles ist gut oder schlecht, schwer oder leicht, aber man kann ihm abhelfen, vieles ist schon anders geworden bei Dir und bei mir, liebe Marianne, aber ich habe Dich lieb und Du mußt bei mir bleiben und ich bei Dir.
Ich bin kein roher Mensch, und wenn ich Rohes tue, hilf mir, ich habe Dich lieb.
Liebe Marianne!

[1921/22?]

45

Liebe Marianne,
ich küsse Dich

Bert

[1921/22?]

46

Liebe Marianne,
ich muß Dich sprechen

Bert

[1921/22?]

47 (Telegramm)

Liebes Mariandel,
Du darfst auch schlecht spielen.

Bert

Berlin, [1921/22?]

*

Marianne Zoff fährt am 7. Januar 1922 von Berlin nach Wiesbaden zurück. Brecht verhandelt erneut mit den Verlagen Reiß, Kiepenheuer und Drei Masken; den bereits unterschriebenen Vertrag mit Erich Reiß zieht er zurück.
Am 23. Januar 1922 wird Brecht für zwei Wochen in die Berliner Charité (das Universitätsklinikum) eingeliefert. Zur selben Zeit löst Marianne Zoff ihren Vertrag mit dem Wiesbadener Theater und kommt auf Bitten Brechts nach Berlin.

Während seiner Abwesenheit findet Marianne Zoff am 10. Februar Briefe von Paula Banholzer; am folgenden Tag kommt es zu einer Aussprache.

*

48

Liebe Marianne,
ich danke Dir für die Briefe und für das Paket. Ich habe mich sehr darüber gefreut (über das Paket), ich habe gleich alles angezogen und sehe jetzt höchst einladend aus. Und dabei bist Du schon so eifersüchtig wie eine Negerfrau! Aber die Socken sind hübsch, ich habe noch nie so gute gehabt, meine waren immer nur für die Wärme da, und daß man den nackten Fuß nicht sieht. Was das Papier betrifft, das Du mit Deinen diversen Irrtümern bekleckst, so ist es schad darum. Ich bin in diesem Punkt dafür, daß Du ganz einfach Deine Pflicht tust und Deinen Mann liebhast und Deine Angst, ihn zu verlieren, wenn Du selber dran schuld bist, daß Du sie haben mußt, hinunterschluckst und im übrigen etwas Vertrauen hast, wo Du doch selber soviel brauchst. (Auch solltest Du mit der Zeit aufhören, Dich soviel mit der Strafe zu brüsten, die Dich »ereilt« hat, das gleicht, wenigstens in der Wirkung, zu sehr den nicht so recht erschütternden Wehklagen meines Vaters, wenn er mich haute und erwähnte, es tue ihm weher als mir.) Ganz im allgemeinen bemerkt und unter uns, hast Du alle Irrtümer, Ängste und Selbstquälereien, die Du schon gehabt hast und eben jetzt hast, und auch die, welche Dir noch be-

vorstehen, durchaus verdient, meine liebe Negerfrau!
Aber jetzt küsse ich Dich auf den Mund

Bert

Wann kommst Du und was ist vorgefallen? Könntest Du nicht alle oder doch *fast* alle Reflexionen über Deine talentvollen Einbildungen in ein Tagebuch schreiben, das Du mir dann einmal von vorn bis hinten vorliest, und in die Briefe die Tatsachen und die Fragen, die man überlegen muß? Bitte, entschuldige diese scheinbare Blasphemie, ich küsse Dich auch dafür noch einmal!

B

Übrigens habe ich Dir den »Tausch« ohne jede Tendenz gekauft, ich habe das Stück vor einem Jahr gelesen und dachte nur an seine Schönheit, an nichts sonst. Was hast Du da wieder für eine teuflische Absicht herausgelesen?

[Berlin, Ende 1921/Anfang 1922?]

49

Liebste Marianne,
Du darfst nicht erschrecken, es ist nichts. Ich bin etwas krank (Nierenentzündung) und mußte auf ca. acht Tage in die Charité, wo ich warm habe. Ich wäre sehr froh, wenn Du kommen würdest, liebe Marianne, denn was tust Du in Wiesbaden, nicht? Du kannst dort alles lassen, Du kannst auch hier wohnen bei Warschauers, ich habe alles be-

sprochen. Du brauchst nur an Warschauer, Eislebener Straße 13, zu telegraphieren, wann Du ankommst. Es ist wirklich nichts Besonderes, ich denke nur, warum sollst Du nicht hier sein, wenn ich krank bin, und ich brauche auch Dein Gesicht.
Ich küsse Dich Bert

Mir kannst Du nach Ziethenstr. 6 schreiben!

[Berlin, Ende Januar 1922]

50

Liebste Marianne,
ich kenne mich nicht aus, ich erwarte Dich in der Charité, unbedingt. Ich halte Dich nicht, wenn Du nicht bleiben kannst, liebe, liebe Marianne. Aber ich muß Dich sehen, das weißt Du
Liebe Marianne, liebe Marianne

Bert

[Berlin, Ende Januar/Anfang Februar 1922]

51

Meine liebe Marianne,
ich höre, daß Du liegst und Du mußt auch heute und morgen liegen bleiben, solang *Du* Fieber hast. Mir geht es so gut, daß ich aufstehen will, und wenn es so bleibt, darf ich auch bald. Ich werde also bald bei Dir sein, meine liebe Freude. Jetzt gibt es abends kein Licht und ich habe stundenlang Zeit, bei Dir zu sein, und da es dunkel ist,

sehe ich nicht, daß Du nicht da bist. Ich bin auch voller Zuversicht und ich werde alles in Ordnung bringen, wenn ich wieder auf den Füßen stehe, und ich werde bald auf den Füßen stehen. Du mußt auf alle Fälle wohin zur Ruhe und ich werde bei Dir sein.
Jetzt küsse ich Dich und ich bitte Dich, gib acht auf Dich, denn Du mußt achtgeben auf das Meine. Nicht?

Bert

Wenn Du kannst, bitte schreib mir!
Wo ist das »Garga«-Manuskript zum Binden? Dann lasse ich es holen von hier aus!

[Berlin, Anfang Februar 1922]

52

Liebste, liebste, liebste Marianne,
das ist Wahnsinn, ich gehe Dich suchen, ich kann nicht so sein ohne Dich, *liebe* Marianne.
Ich fahre an den Hohenzollerndamm und dann wieder hierher. Ich lasse Dich nicht, nicht, nicht!
Wir wollen nachdenken, o Marianne, irgendwas tun, sei doch nicht wahnsinnig.

Dein
Bert

[Berlin, Februar 1922?]

*

Der Kiepenheuer-Lektor Hermann Kasack besucht Brecht am 10. März 1922 in Berlin, um über die Buchausgabe des *Baal* zu verhandeln.
Brechts Freund Frank Warschauer heiratet in diesem Monat. Brecht nimmt an der Hochzeitsfeier nicht teil, schenkt ihm aber ein Exemplar des *Baal* mit der Widmung »Frank Warschauer / dem Moralisten / 1922«.
Marianne Zoff hält sich bei ihren Eltern auf, die von München nach Pichling in der Nähe von Linz (Oberösterreich) gezogen sind.
Anfang April 1922 arbeitet Brecht an einer Bühnenfassung des Romans *Gösta Berling* von Selma Lagerlöf, an der Zusammenstellung der *Hauspostille*, die erst 1927 erscheint (nachdem 1926 unter dem Titel *Taschenpostille* nur ein Privatdruck bei Kiepenheuer herausgekommen ist) sowie an einem Film, über den keine weiteren Angaben überliefert sind.
Marianne Zoff liegt zu dieser Zeit (Anfang/Mitte April 1922) in Österreich im Krankenhaus.
Am 16. April 1922 trifft Brecht mit Arnolt Bronnen in Geltow an der Havel den Verleger Ernst Rowohlt, den Journalisten Stefan Großmann und einige Filmleute. Auf Anregung Großmanns beginnen Brecht und Bronnen unmittelbar darauf mit der Arbeit an einem gemeinsamen Filmexposé, *Robinsonade auf Assuncion*, und beteiligen sich damit an einem vom Filmproduzenten Richard Oswald ausgeschriebenen Wettbewerb, bei dem sie den ersten Preis gewinnen. (Der Stoff wird später in einer entstellenden Bearbeitung unter dem Titel *Die Insel der Tränen* verfilmt.) Für die von Moriz Seeler gegründete *Junge Bühne* inszeniert Brecht im Deutschen Theater den *Vatermord* von Arnolt Bronnen. Differenzen mit den Schauspielern Agnes Straub und Heinrich George führen dazu, daß er

von der Regie zurücktritt, die von Berthold Viertel übernommen wird; Premiere ist am 14. Mai.
Am 22. April 1922 erhält Brecht in Berlin einen (für ein Jahr gültigen) Reisepaß ausgehändigt. Vermutlich auf der Fahrt nach Österreich schreibt er am 26. April (»Nachts im D-Zug«) eine erste Fassung seines Gedichts *Vom armen B.B.*

*

53

Liebste Marianne,
ich bin sehr in Sorge und wohin soll ich schreiben; erwarte stündlich ein Lebenszeichen und mache mir bittere Vorwürfe wegen der Paßfrage! *Bitte depeschiere sofort*, wo Du bist, ich bin ganz unruhig, und dazu habe ich jetzt doch die Regie im »Vatermord« übernommen. Ich half Bronnen, die Rolle mit der Straub durchzusprechen, und sie notierte sogleich alles und beschwor (beschwor) mich, die Regie zu führen, ich sei der erste (1.) Mensch, der ihr solche Dinge sage und dem Schauspieler sofort sachlich kommt.
Ha! Die andern Rollen liegen bei Twardowski und H. George. Montag erste Bühnenprobe, gestern und heut stundenlange Besprechungen, Leseproben, Kämpfe.
Aber während mir der Schädel klirrt, von Betonungen usw., denke ich an Passau und Paß und Gott weiß was.
Und wie geht es Dir?
Ich denke, Du bist nun doch daheim, sonst hättest Du depeschiert.

Wie ist es?
Bitte, schreib gleich, gleich, gleich!
Ich bin scheußlich allein hier, wie mit halbem Leib.
Ich denke immer an Dich, liebe, liebe Ma, und daß wir zusammengehören, das ist so einfach.
Und jetzt küsse ich Dich

Bert

Abends tue ich ganz tolle Dinge mit Dir und da lachst Du, aber ganz innen.
Eben endlich Dein Brief, arme Marianndelzigeunerin! Ich bin aber so froh, daß Du jetzt daheim bist, aber aus Deinem Brief weht eine Hundekälte! Wie geht's Dir denn? Hast Du warm? Milch?
Bitte, die Adresse Deiner Schwester in München, daß ich *der* das Geld schicke, sie kann's Dir mitbringen!
Aber schreib, schreib, schreib bitte!
In dem Tagebuch steht lediglich, daß Recht Kokottenanbetung betrieb, meine Liebe!

[Berlin, März 1922]

54

Meine Marianne,
ich bin in einem schweren Kampf mit vielen Leuten, einer ganzen Meute, Du schreibst: ich bin theaternarrisch. Und wiewohl ich zugleich ganz verwaist und zugleich ganz bei Dir bin, schreibst Du, Du seist einsam »wie früher« und kommst nicht hinüber und am Schluß »herzlichst«. Ich glaube nicht, daß Du so fühlst. Ich liebe Dich.

Ich liebe Dich jeden Tag mehr und bin ganz bei Dir. Und ich will auch zu Dir kommen, sobald Du willst; hier gibt es doch Krach, morgen oder übermorgen, ich vertrage mich nicht.
Hätte ich Dich im Arm und sähest Du mein Gesicht! Jetzt bin ich magerer als je und ich lüge nicht mehr. Ich ertrage nicht das Gefühl, Du sitzest wo und kämpfst nicht an meiner Seite, und es ist eine schlimme Zeit, ich brauche Dich auch. Ich bin tief in Dir und so tief bist Du in mir, gehe es gut oder schlimm, wir müssen aneinanderbleiben. Ich weiß alles, was Du denkst, und es ist nichts mehr. Ich fühle ganz, wie Du fühlst, und es ist *unsere* Sache, Marianne. Glaube wieder meinem Gesicht, Du mußt mich liebhaben.
Was soll ich hier tun? Ich habe so sehr auf Deinen Brief gewartet! Wann kann ich kommen? Oder willst *Du* nach München?
Liebe, liebe, gib mir Deine Hand wieder und Deinen Mund und küsse mich. Liegst Du nachts bei mir? Sage mir doch, daß uns nichts trennen kann, was war! Ich bin ganz an Dir, wie in der letzten Nacht, mehr noch, ganz in Dir, liebe, liebe Marianne, es ist eine solche Qual, wenn Du schweigst!

Dein Bert

Warschauer hat geheiratet, ich habe die Einladung nicht angenommen, bin aber nicht verkracht.
Bitte schreib gleich!
Eben ist Dein Brief gekommen, heute abend, Montag!

[Berlin, März 1922]

1. Brecht, 1915

2. Brecht, um 1920

3. Marianne Zoff als Carmen, 1920
(Foto Siemssen Augsburg)

4. Marianne Zoff als Rosenkavalier, 1920
(Foto Siemssen Augsburg)

5. Hanne, 12. August 1924

»Am 12. August 1924, Hannele 17 Monate, zeigt ihre Fussi, auf die sie sehr stolz ist, und die man ihr immer küssen muß, wenn man sie einwickelt – man muß ihr bereits aus den Bilderbüchern erzählen – sie nimmt einen Zeigefinger, legt ihn auf ein Bild – das heißt ›erzähle‹, schon mit 14 Monaten!«

6. Brecht, um 1925

7. Brecht, um 1925

8. Marianne Zoff-Brecht und Hanne Brecht,
18. April 1926

9. Brecht, um 1928

10. Hanne Brecht, um 1928

11. Brecht, um 1930

12. Hanne Brecht, Januar 1934

13. Hanne Brecht, um 1935

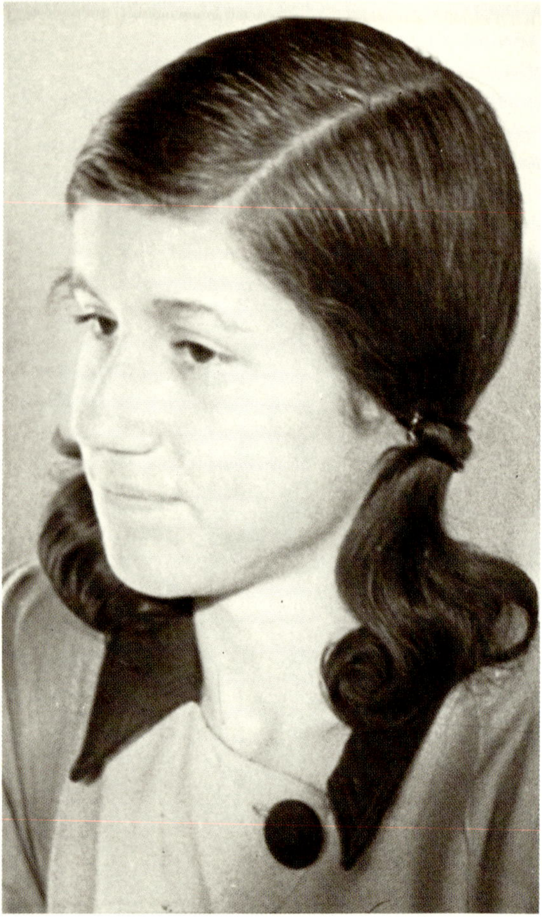

14. Hanne Brecht, um 1937

15. Hanne Brecht, um 1940

16. Hanne Brecht in dem Film *Frau Luna* (Regie: Theo Lingen), 19??

55

Liebste Marianne,
ich habe Dir inzwischen zweimal geschrieben; gestern habe ich die 3000 M abgeschickt. Dein Brief heute, der dritte und traurigste, trifft mich ziemlich. Ich habe hier alles beschleunigt, um zu Dir kommen zu können, ich habe Dich sehr lieb, Du mußt es aus meinen Briefen sehen und ich will meine Ellbogen nicht frei haben, das weißt Du. Dein Brief ist kalt und ich schäme mich, denn jetzt wirst Du meine Briefe lesen und sie kühl lesen und ich stehe nackt da und unverständlich.
Irgendwie steht in Deinem Brief drin, als sei Wien eine Entscheidung: ich oder Wien. Was soll ich da schreiben? Ich habe die Gurgel zu.
Ich sage Dir: Du bist meine Frau und ich bitte Dich, nichts ohne mich zu tun, wie ich nichts ohne Dich tue, was einschneidet. Du kannst in Wien vorsingen, das ist gut, Du kannst im Herbst ein Engagement annehmen, gut; ich werde versuchen, so viel Geld in die Hand zu kriegen, daß ich mit hin kann. Jetzt kannst Du *nicht* singen, weil eine lange Erholung für Dich wichtig ist; denn die Symptome sind rasch weg, aber die Gesundheit ist erst langsam wieder da und dann: wir wollen den Sommer haben; ich habe ihn ganz für Dich, wir werden beide nicht sehr alt und man kann noch genug Geld machen. Aber ganz unmöglich ist es, liebe, liebe Marianne, daß Du jetzt dort lebst, mühsam vom Stundengeben und so, das will ich nicht, das mußt Du nicht, lernen kannst Du auch im Herbst, wenn Du mußt. Ich bin traurig über die Hast, nach Wien zu kommen, und daß Dein Brief so zittrig ist und daß keine Liebe darin ist und

keine Gelassenheit. Aber wie wirst Du das alles lesen? Es ist hier ein böser Krampf und ich bin schon damit fertig und ich will Dich haben und den starken Sommer und die Ruhe und Dich und mich und Dich und Wasser und Dich und Dich küssen in Dein Gesicht und zu Dir gut sein. Aber jetzt mußt Du mir schreiben, daß Du meine gute Frau bist, Marianne, ich brauche es und Du brauchst es auch. *Liebe* Marianne!

Dein Bert

Die Regie habe ich nach atemraubenden Krächen mit der Straub niedergelegt! Ich habe mich ganz verkracht, sie sollen mich ...
Jetzt arbeite ich am 200000-M-Film und der Balladenherausgabe und am »Gösta Berling«. Ich will spätestens Mitte April zu Dir kommen. Marianne!

[Berlin, Ende März/Anfang April 1922]

56

Liebe, meine Marianne,
ich stehe wie ein Soldat hier im Gefecht, geschwächt durch die Nierengeschichte und geschwächt durch das Private, und Du stehst nicht hinter mir und Deine Briefe sind wie Fahnenflucht.
Du schreibst, es gehe Dir besser, aber die Briefe sind nicht frisch. Ich werde den Paß in Ordnung bringen und das übrige beschleunigen und spätestens Ende April kommen.
Was ist das mit Wien? *Vor*singen kannst Du doch

dort, das nimmt zwei Tage, *studieren* ist jetzt eben nicht möglich, wir können auch zusammen nicht in Wien sein, den Sommer, nicht?
Aber ich bin in großer Sorge wegen Deiner Schmerzen. Es ist nötig, daß Du Dich sofort untersuchen läßt, auf Entfernung geht das nicht. Der Arzt sagte mir nichts; er wisse nicht mehr Bescheid, müsse neu untersuchen.
Ich verstehe Dich nicht gut, in Deinen Briefen ist wenig Gutes, es steht weniger als nichts drinnen. Du solltest Dich zusammennehmen und nicht Dich so gehen lassen, hast Du mich nicht lieb?
Auf drei Briefe habe ich keine Antwort (hast Du die 3000 M in Händen?) und ich warte Tag für Tag.
Und ich nehme Dich jeden Abend in den Arm, so widerspenstig Du bist, meine Marianne, und Du gehörst mir.

Bert

[Berlin, Anfang April 1922]

57

Liebe Marianne,
ich empfange eben Deinen Brief und bin ganz durcheinander, daß Du krank bist. Ich kann hier keinen Paß bekommen, brauche dazu eine Steuererklärung aus Augsburg, um die ich schon eilbrieflich eingekommen bin. Mitte der Woche werde ich kommen können (obwohl hier alles mitten im Zug ist); wenn nötig, versuch ich mich über die Grenze zu schmuggeln. Nur habe ich dann bei Euch die blödesten Scherereien ohne Paß.

Alles, was Du sonst schreibst, ist ganz aus den Fingern gesogen, zwischen weißen Wänden. Du weißt gut, daß ich Dich liebhabe.
Was Dir »fremde Leute« helfen können, weiß ich nicht.
Es gibt hier keine Vergnügungen, ich bin durchaus mit Arbeit beschäftigt. Und ich arbeite durchaus für Dich. Aber weißt Du das alles nicht?
Ich werde jetzt bald bei Dir sein.

Bert

Entschuldige den Blei, ich *habe* keine Tinte!
Liebe, liebe Marianne
Ich küsse Dich
Sei gut

[Berlin, Anfang/Mitte April 1922]

58

Meine liebste Marianne,
ich breche also hier das Zelt ab. Den Paß kriege ich etwa Mittwoch, es sind Scherereien. Ich begrabe hier die Streitaxt fürs erste und komme mit ungeheurem Hunger zu Dir. Die Gesundheit schwankend. Ich komme nicht zum Schlafen und magere ab. O Marianne!
Ich bin einmal herausgekommen, an den Wannsee.
Der ganze Sommer wachte auf. Der See wie Stanniol zwischen den Kiefern und Du warst nicht da!
Aber ich bin immer da um Dich, jetzt und immer, morgen, alle die Wochen, wo Du gehst, nachts im

Bett. Ich liege still und nicht still, ich rede und ich sehe Dich gern und ich sage Dir alles, was es gibt.
Du mußt mir schreiben. Ich habe Dich sehr lieb, sehr lieb, lieb, lieb, lieb.

Dein Bert

Grüße mir Deine Mutter und Deine Schwester! Auch das Haus, Dein Zimmer, Dein Bett, Deinen Tisch, ich küsse Dich, Marianne!
Gute Ostern!

[Berlin, Mitte April 1922]

*

Marianne Zoff holt Brechts und Paula Banholzers Sohn Frank, der in Kimratshofen (Allgäu) in Pflege gegeben ist, im Sommer 1922 für eine Zeitlang zu sich nach München. Brecht hält sich die meiste Zeit in Augsburg auf und arbeitet an der Prosageschichte *Bargans Jugend*, an *Gösta Berling* und an der *Hauspostille*. Zuweilen kommt er nach München.
Marianne Zoff ist schwanger; das Ungeborene nennt Brecht ab August/September 1922 »Hannepeter«.
In der zweiten Septemberhälfte ist Brecht häufig in München zur Vorbereitung der Uraufführung von *Trommeln in der Nacht* in den Münchener Kammerspielen (29. September).
Im Oktober hält er sich hauptsächlich in Augsburg auf, fährt von dort nach Berlin und München. Im Verlag Gustav Kiepenheuer erscheint *Baal*.

*

59

Liebe Marianne,
ich weiß, daß ich unrecht getan habe, ich war sehr froh, daß Du den Frank geholt hast und daß Du ihn gern hast und daß er das gleich gefühlt hat, ich küsse Dich und habe Dich die ganze Nacht, die Du in Kimratshofen warst, geküßt, aber ich bin krank. Bitte verzeih mir, ich kann nicht gut reden und ich verwickle mich leicht und ein Blatt vom Baum wirft mich um. Aber ich habe Dich immer sehr lieb, von Herzen sehr lieb, liebe Marianne. Jetzt hast Du alles, was ich habe, und ich freue mich darüber, habe nun auch noch Geduld mit mir.
Ich küsse Dich Dein Bert

Bitte schreib schnell, ich bin nicht ruhig.

[Augsburg, Sommer 1922]

60

Meine liebe Marianne,
ich sitze immer in meiner Kammer und arbeite – an der »Postille«, die schwierig ist, und dem »Gösta« und mit George an einer neuen Komödie; es ist gut, daß es regnet. Übrigens habe ich etwas Kopfweh und bin etwas traurig, daß ich mich Freitag nicht beherrscht habe; ich habe wahrscheinlich viel Unsinn an Dich hingequatscht, den ich übrigens nicht mehr weiß. Ich bin so froh, daß Du bei Frank bist und daß Frank bei *Dir* ist, und ich bin nur nicht ruhig, weil ich Dich beleidigt habe.

Aber ich habe Dich sehr lieb und sage es Dir jeden Abend, hörst Du es? Wenn ich Geld habe, komme ich auf einen Tag oder zwei, aber Drei Masken haben noch nicht geschickt. Warst Du bei Marlis? In die Komödie schreibe ich Dir eine Rolle hinein, die sich gewaschen hat!
Bitte schreib mir!
Wie ist's mit Frank? Otto wußte verflucht wenig!
Ich habe Dich lieb und bin immer bei Dir

Dein
Bert

Küsse Frank von mir!
Bitte, sei wieder gut!

[Augsburg, Sommer 1922]

61

Meine Marianne,
ich danke Dir für Deinen Brief; ich habe den ganzen Kopf in der Arbeit drinnen, in dreierlei Papier. Vormittags arbeite ich drei Stunden »Bargangeschichten«; nachmittag »Gösta« und abends mit George die »Postille«. Sie ist Ende der Woche fertig und wird aufsehenerregend!
Was tust Du immer?
Kannst Du nicht eventuell Samstag kommen? Das wäre wunderbar. Es ist unendlich langweilig hier, aber man kann gut arbeiten. (Ich nehme übrigens nicht an, daß Du meine Hysterie vom vorigen Samstag ernst genommen hast!)
Hast Du das Geld von Drei Masken? Und Sprechstunden?

Ich freue mich sehr, daß Du so von Frank schreibst! Ich danke Dir! Aber das ist schrecklich, wenn das alles nervös ist und man nichts machen kann. Aber wir reden noch darüber!
Ich tue nichts als an Dich denken und ich glaube, daß ich gut arbeite, auch für das Wirtschaftliche! Und ich schlafe immer mit Dir!

Dein Bert

[Augsburg, Sommer 1922]

62

Liebste Marianne,
so schlage ich die Woche tot mit Anschmieren von Papier und essen und An-den-Lech-Laufen.
Ich habe die Geschichte von »Jarrys Mamma« fertig und den 1. Akt »Gösta« und morgen geht die Geschichte von »Bargans Jugend« an und der 2. Akt »Gösta«. Sonst ist nichts.
Ich freue mich sehr auf den Brief morgen, hoffentlich kommt er.
Ich glaube, daß Du schrecklich viel Arbeit hast mit Frank, ist es nicht so?
Und wie ist es mit Peter und Hanne?
Grüß die von mir!
Ich küsse Dich sehr, stark, ungeheuer

Dein Bert

Ich denke immer an Dich und Frank.
In den Schrank habe ich mit einem Dolchmesser ein Papier aufgespießt mit den Buchstaben
M + F
daß ich arbeite!

Küsse Frank von mir!
Willst Du nicht mal mit Frank Feuchtwangers besuchen?
Ich bin Dir sehr dankbar, Marianne.

[Augsburg, August/September 1922]

63

Liebe Marianne,
ich habe Engel auf die Bahn gebracht, er ist seit Dienstag da gewesen, es war Schwerarbeit
Sonntag nacht bin ich zurückgekommen, Frank geht es wie immer, er ist aber munter, lang geht es aber so nicht mehr
Geld habe ich noch keines bekommen können. Es muß unterwegs sein, ich habe Drei Masken und Kiepenheuer angewiesen, das Geld an Dich zu schicken, wenn Du noch nichts bekommen hast, mußt Du ausleihen bei Feuchtwanger oder Engel
Wie ist es mit der Wohnung? Ich will aber unter keinen Umständen, daß Du zu viel herumläufst. (So wichtig ist die Sache nicht.) Hast Du den Doktor Koch angerufen? Übrigens, wenn Cas in München ist, schick ihn doch gleich herüber, ich brauche ihn dringend
Auch meine Post, wenn ich welche habe
Ich komme Montag hinüber
Hoffentlich hat Feuchtwanger meine Flucht nicht übelgenommen, ich war aber zu sehr hin
Es ist sehr notwendig, daß wir für das Frühjahr einen genauen Plan ausarbeiten, wie ich wieder seetüchtig gemacht werden kann. Jetzt in Ruhe

merke ich erschreckend, wie knockout ich bin. Ich werde viel Arbeit haben und doch frisch sein müssen, ich denke, Du hast begriffen, daß mein verfolgungswahnähnlicher Ausbruch neulich, diese Demonstration zugunsten meiner Gesundheit selber ein Ausfluß (und Beweis) meiner Krankheit war, ich wollte, ich hätte ausgehalten, bis Du selbst wieder im Besitz Deiner gesamten Vitalität bist, aber seit einem halben Jahr unablässig an allen Pumpen, pfeifend aus allen Ventilen, mit sämtlichen Notflaggen am Mast etwas lächerlich und nicht erfreulich, bin ich eben jetzt nicht besonders weitsichtig

Einige kleine Schachzüge Deinerseits, die mich sonst erheitert hätten, haben mich jetzt verstimmt. Wenn Du jetzt nach dem schiefen Grundsatz »Wie Du mir, so ich Dir« Dir den Fuß abschneidest, scheint mir dieser Fuß immer noch zu sehr mein Fuß zu sein, als daß mich dieser Irrtum erheitern könnte

Wenn Du Otto anrufst, kann er Dir etwas im Wohnungsuchen helfen. Er ist wieder viel besser und ich glaube nicht, daß Du Grund hast, ihn kühl zu behandeln, aber natürlich: wie du willst

Mein Vater läßt Dich grüßen

Und ich küsse Dich und Hannepeter
Bert

Ich habe mir die Schreibmaschine so angewöhnt, daß ich sie nicht mehr merke

Grüße Feuchtwangers!

[Augsburg, September/Oktober 1922]

64

Liebe Marianne,
ich bin wahnsinnig, bist Du es nicht auch? Morgen komme ich, oder übermorgen. Ich komme schon. Wie geht es Hannepeter? Ich habe ein Kind gesehen, mit einem Matrosenanzug an, mit einer Frau: das sah gut aus.

Bert

Sonntag nachmittag

[Augsburg, September/Oktober 1922]

*

Die *München-Augsburger Abendzeitung* meldet am 15. Oktober, daß Brecht als erster Dramaturg und Regisseur an die Münchener Kammerspiele verpflichtet worden ist.
Am 3. November 1922 heiraten Brecht und Marianne Zoff in München.
Herbert Jhering gibt am 13. des Monats im *Berliner Börsen-Courier* Brecht als diesjährigen Kleistpreisträger – für seine Stücke *Baal*, *Trommeln in der Nacht* und *Im Dickicht* – bekannt.
Mitte November fährt Brecht zur Neuinszenierung von *Trommeln in der Nacht* im Deutschen Theater nach Berlin. Die ursprünglich für den 5. Dezember angesetzte Premiere muß wegen eines (gegen die Privattheater gerichteten) Schauspielerstreiks verschoben werden. Sie findet erst am 20. unter der Regie Otto Falckenbergs, der bereits die Münchener Uraufführung herausgebracht hatte, statt. In den Hauptrollen spielen

Blandine Ebinger (Anna), Alexander Granach (Kragler) u. a.
Brecht wohnt zunächst wieder bei Frank Warschauer; am 21. November zieht er in die Pension Ernst in der Dahlmannstraße.
Unter Beteiligung Brechts wird in der zweiten Novemberhälfte in München die Kupro (Kunst-Projektions-G.m.b.H.) gegründet. Die vorgesehene Verfilmung seines Drehbuches *Drei im Turm* kommt nicht zustande.
Marianne Zoff hält sich zu dieser Zeit wieder bei ihren Eltern in Pichling bei Linz auf. Weihnachten verbringen Brecht und Marianne Zoff in Augsburg. Es ist die Zeit der Inflation.

*

65

Liebe Marianne,
ich muß dich sprechen und werde so oft kommen, als Du willst, bis ich Dich gesprochen habe. Ich habe viel Wahnsinn geredet, wie ich wahnsinnig war. Ich habe kein Pflichtgefühl, ich *muß* Dich sehen, es ist kein Mitleid.

bert

Morgen um 1/2 4 Uhr kommt Franz Warschauer
zu Dir. Er wohnt in Pension Romana
Bitte
Rufe mich an
Vormittags, in den Kammerspielen
Es ist wichtig

[München, September/Oktober 1922 ?]

66

Liebe Marianne,
ich werde sehr umgetrieben, und jetzt nehm ich die Dramaturgenstelle also doch an. Wenn Du nur »durchhalten« könntest! Meinst Du, ich werd Hannepeter je hergeben? Sei noch einmal gut, liebe Marianne! Du hast versprochen, Du tust nichts, vor wir nicht redeten. Ich bin immer bei Dir und komme jeden Tag und es wird bestimmt gut, denn Du hast mich bestimmt lieb

Bert

Du mußt mich nicht sehen, wenn Du nicht willst, aber ich bitte Dich, ruf an in den Kammerspielen und laß mir ausrichten, wie es Dir körperlich geht und Hannepeter!

[München, Anfang/Mitte Oktober 1922]

67

Liebste, Liebste,
ich habe Dich lieb. Ich habe 8-9 Stunden Proben im Tag, Intrigen, Geschäfte, Wege, Boxkämpfe usw. und ich bin doch ganz nah bei Dir und habe das Gefühl von Dir und lege Dich zu Bett abends.
Du schreibst so wenig, viel zuwenig, Du bist meine Frau und schreibst mir nicht. Wie geht es Dir, was tust Du, bist Du gesund? Ich wage auch nicht mehr zu hoffen, Du seist schwanger. Wie ist es? Bitte, schreib mir!

Ich bin wieder in der Eiseskälte, im Dschungel. Hier kann ich nicht, nicht, nicht noch einen Winter sein, ohne abends zu Dir heim zu können, und jetzt tue ich alles nur so, daß ich sehr rasch zu Dir komme, kann ich? Ist Deine Schwester bei Dir? Du mußt mich liebhaben, ich habe Dich lieb, ich habe Dir unrecht getan, *liebe* Marianne, es tut mir leid, ich habe Dich lieb, Du mußt es durchstreichen.
Ich küsse Dich ins Gesicht und auf den Hals und überallhin und bitte Dich um Briefe, Briefe!

Dein
Bert

Stadtbahn
Zoo-Lehrter
Nachts 1/2 1 Uhr
Samstag

[Berlin, Mitte November 1922]

68

Meine liebe Marianne,
ich danke Dir für Brief und Karte. Du bist sehr allein, und wenn Du ruhig bist, muß es langsam schön werden, die gewisse Stille, die nötig ist dazu, daß man etwas schaffen kann. Du schreibst von den traurigen Bäumen auf dem schönen Weg, den wir immer gegangen sind, den Zigeunerkindweg, nicht?
Hier ist es ein Höllenlärm. Grau, laut, sauer. In etwa zwei Wochen ist die Premiere, willst Du kommen? Ich schreibe Dir noch, ob sie gut wird.

Es gibt Krach über Krach. Abends sinke ich, nach 14 Stunden Arbeit, tot ins Bett (ich wohne immer noch bei Franz – bis Montag! Sie sorgen so sehr nett für mich). Wie viele Abortwände es hier gibt!
Arnolt treffe ich nicht sehr oft, Gerda Müller fast nie, Warschauers nur morgens.
Aber Dein Gesicht ist immer da und es wird immer ruhiger und reicher und goldener und alles, was Du sagst, ist anders als alles hier und auch sonstwo, ich begreife langsam.
Ich freue mich, meistens mitten im Probenkrach usw., auf Hannepeters Gesicht. Und ich küsse Dich jeden Morgen dahin, wo es vielleicht liegt, liebe, liebe Marianne!

Dein Bert

Der München-Film ist *gegründet!* Anfang 1. Januar, aber gefilmt wird erst Mai-Juni!
Bitte grüße Deine lieben Eltern, ich danke ihnen für die Karte!
Bitte, schick mir so viel Fotos von Dir, als Du hast!

[Berlin, Mitte November 1922]

69 (Postkarte)

Liebe Marianne,
Dein Brief mit Geld ist heute an Dich abgegangen. Ich bin sehr in Sorge über das, was Du über Hannepeter schreibst. Bitte, schreib so oft als möglich! Ich wohne jetzt Dahlmannstr. 2 (Charlottenburg), Pension Ernst. Habe schrecklich Arbeit mit Gra-

nach und Ebinger usw. Komme nirgends hin, bin aber gesund. Wenn Du gesund bist (*ganz* gesund und Hannepeter), mußt Du zur Premiere kommen. In etwa 12 Tagen! Sonst komme ich einmal rasch zu Euch! Hier kann ich doch niemand Sorgen machen! Grüße, bitte, Deine Eltern *sehr* von mir! Ich danke ihnen für die Karte herzlichst! Und Dich küsse ich, liebste Ma, Du mußt fröhlich sein, sei doch fröhlich!

Dein Bert

Schreib an die Merker!
Das Geld hab ich so lang nicht gekriegt, verzeih!
Grüße von Arnolt, Warschauers!
Three cheers for Hannepeter!

[Poststempel:] Berlin, 21. November 1922

70

Liebe Marianne,
verzeih die Maschine, ich habe keine Tinte
Heute ist hier Bußtag, alles geschlossen, totenstill, ich habe geraucht, gegessen, geschlafen, jetzt soll dann Jhering kommen
Wenn es so jahrelang ginge
Als Einsiedlerkrebs im chambre garnie, wo es keine Geheimnisse gibt und nichts als verdorbene Luft
Man geht zum Essen, man tut öde Dinge, man kriecht in feuchte Betten, man schreibt und dann gäbe es auch keine Ströme, über Kilometer weg keine Antennen
So. Wenn ich auch der Teufel wäre, etwas magst du noch an meinem Gesicht, nicht?

Ich habe so viele Sachen gemacht, die nicht in Ordnung waren
Ich habe Deine Fotografien da
Ich werde bald zu Dir kommen und zu Hannepeter
Es ist komisch und etwas literarisch, aber gestern ist mir Dein Haar eingefallen in der Hand, daran denke ich mit großem Spaß wie eine Zeitlang an das Innere Deiner Kniekehlen, aber daran denke ich ja auch noch
Liebe Marianne
Und wie ist es mit Hannepeter, hüpft er wieder?
Ich glaube, Du kannst nicht zur Premiere kommen, wenn ihm was passierte dabei!
Aber wenn er wieder hüpft und Du gesund bist, dann mußt Du kommen
Ich küsse Dich — Dein Bert

[Berlin, 22. November 1922]

71

Liebste Ma,
da kommt eben ein Geldbrief zurück; man darf nur durch die Bank schicken, das werde ich jetzt tun, bitte, gedulde Dich noch einige Tage!
Ich küsse Dich

Bert

Hast Du die Fotos schon abgeschickt?
Ich weiß immer noch nichts über Hannepeter!

[Berlin, Ende November 1922]

Liebe Ma,
ich schreibe Maschine, weil ich keine Tinte habe
Ich danke Dir für den langen Brief, in dem ich endlich von Hannepeter höre, daß er wieder trommelt, und es ist so fröhlicher Ton in dem Schreiben
Obwohl Du Sorgen hast wegen des Geldes
Liebe Ma, ich habe in den ersten Tagen nichts machen können und dann kein Geld in die Hand bekommen, seit fast zwei Wochen aber Dir Geld zu schicken versucht, zwei Briefe mit Geld kamen zurück, ich habe Dir den Postvermerk geschickt, Liebste, ich darf (der Kapitalfluchtgesetze wegen) nur durch eine Bank Geld schicken und da muß man zuerst zum Finanzamt der Steuer wegen und das Finanzamt muß zuerst nach Augsburg schreiben *und* München, weil hier keine rechte Ordnung in meiner Wohnungszuständigkeitsfrage herrscht, ich habe also noch anderes versucht, denn so ginge es vier Jahre (Warschauer hat mir geholfen, das zu ermitteln)
1) hat Cas einen Onkel in Tirol, der Geschäftsverbindung hat mit München, vielleicht kann der was tun
2) habe ich Trude einen Scheck über 25000 Mark geschickt und gefragt, ob sie es leichter schicken kann, da sie in München fest sitzt
Ich habe noch keine Antworten, es ist scheußlich
Die Premiere ist *Dienstag, 5. Dezember*, aber fast sicher später, da jetzt gestreikt wird
Ich freue mich noch ganz vorsichtig auf Dich,

denn es ist ja nicht sicher und Du darfst *um Gottes willen nicht* kommen, *wenn es irgend gefährlich ist*. Zum Kleistpreis gehört eine Fahrt hin und zurück innerhalb Deutschlands und Österreichs, ich könnte also kommen ohne Ausgabe, strenge Dich nur ja nicht an, die Aufführung wird wohl ganz gut, aber Granach und Ebinger werden beide in München noch damit gastieren, Du siehst sie also

Aber ich würde mich ungeheuer freuen

Nur mache nichts Dummes wegen zwei Wochen Nichtsehens, liebe Marianne

Samstag bin ich auf der Bahn, Du darfst nur nicht ungeduldig sein, wenn ich die letzten Probentage fast nicht daheim bin, nicht? Ich habe wahnsinnige Arbeit

Wenn Du weißt, daß Du doch ungeduldig wirst, komm lieber erst Montag oder Dienstag! Oder wenn ich Dir drahte!

Liebe Marianne

Ich küsse Dich und Hannepeter da, wo er ist

Dein Bert

Ich depeschiere gleichzeitig!

Grüße, bitte, Deine Eltern von mir!

Vergiß nicht meinen Schlafanzug mitzubringen

[Berlin, Ende November 1922]

73 (Postkarte)

Liebste Marianne,

ich weiß jetzt nichts mehr von Dir. Der Schauspielerstreik dauert an, die Premiere ist noch nicht abzusehen, es wird nicht mehr geprobt. Wenigstens kann ich so meine Verlagsgeschäfte ordnen! Wenn Du kommst, bring, bitte, meinen Schlafanzug mit! Wie geht es Dir und Hannepeter? Du schreibst so schrecklich wenig. Morgen kann ich hoffentlich Geld abschicken, ich *habe* Geld, nur: wie schicken! Aber jetzt küsse ich Dich

Dein Bert

Bitte, grüße vielmals und herzlich Deine lieben Eltern von mir!

[Poststempel:]
[Berlin-] Charlottenburg, 1. Dezember 1922

74

Liebste Mar,
Dein Brief ist so bitterlich und ich lese ihn in verregneten Untergrundbahnen. Ich bin Tag für Tag in Filmateliers mit Engel und Viertel. Der Film in München ist gegründet, ich inszeniere im Mai den »Turm«-Film mit Dir, Kortner, Faber. Im Januar fangen wir aber mit was anderem an. Die Schauspieler streiken immer noch. Richte Dich so ein, daß Du etwa um den 20. herum auf *jeden* Fall hierherkommst, ob gespielt wird oder nicht! Geldschicken ist elend schwer, ich versuche es morgen wieder, die Trude hat mir nicht geantwortet! Warschauer hat auch nichts erreicht. Der Plan, ein Haus zu erstehen, ist ausgezeichnet, ich kann mitmachen, selbstredend. Aber beeilt Euch! Du schreibst so selten, ich habe keine Stunde

Ruhe und lerne kolossal viel. Aber ich freue mich so sehr auf Dich, Marianne, und die Arbeit zusammen und auf Hannepeters Mohrengesichtchen. Übrigens benehme ich mich hier leidlich gut und habe »ziemlich« Sehnsucht nach Dir. Und Du schickst noch nicht mal die Fotos!
Ich küsse Dich sehr

Dein Bert

[Berlin, Anfang Dezember 1922]

75 (Postkarte)

Liebes Mariandl,
ich habe Dir etwa 30000 M geschickt. Bitte, warte sie noch ab. Dann komm nach Berlin – über München, daß dort die Wohnung bereit ist, wenn wir herunter kommen! Die Premiere ist etwa Mitte nächster Woche. Ich habe die Proben gerade allein zu leiten, alle Hände voll usw. Schreibe genau, wann Du kommst, ich freue mich *sehr*, komme jetzt bald, ich sehne mich sehr, es ist zu lang. Ich küsse Dich

bert

Viele, viele Grüße an Deine lieben Eltern!

[Poststempel:]
[Berlin-] Charlottenburg, 12. Dezember 1922

*

Brecht ist auch noch Anfang Januar 1923 in Augsburg, dann fährt er nach München; Gustav Kiepenheuer besucht ihn dort. Marianne Zoff kommt im Februar ebenfalls nach München. Ende des Monats fährt Brecht für einige Tage nach Berlin.
Anfang März dreht die Kunst-Projektions-G.m.b.H. (Kupro) in München Brechts Film *Mysterien eines Frisiersalons*. Er assistiert dem Regisseur Erich Engel; der Film ist erhalten, wogegen das Drehbuch nicht überliefert ist.

Am 12. März 1923 wird Tochter Hanne geboren. Aus der Zeit unmittelbar nach der Geburt stammt ein Briefentwurf Marianne Zoffs an Paula Banholzer, zu der Brecht ständige Verbindung hat:

»Liebes Fräulein Banholzer,
heute wende ich mich mit einer Bitte an Sie und ich hoffe, daß Sie mir helfen werden. Es liegt diesmal in Ihrem Interesse, uns zu helfen – ich wartete die ganze Zeit meiner Niederkunft ab – sonst hätte ich mich schon längst zu einer Entscheidung aufgerafft. Leider war ich absolut durch meinen Zustand von Bert abhängig und ich hätte nicht gut ohne ihn sein können – vor einigen Tagen las ich einen Brief von ihm an Sie und nun ist die Stunde, die sie beide so wollten, da – [nicht entzifferbare Streichung]
Ich bitte Sie aber, Bert zu sagen, daß er frei ist, vollkommen frei – ich muß sagen, daß mich sein Brief an Sie gerührt hat – so viel Liebe und Zärtlichkeit hätte ich ihm eigentlich gar nicht zugetraut.«

Am 9. Mai 1923 wird in München Brechts Stück *Im Dickicht* uraufgeführt. Erich Engel führt Regie, und Brecht ist während der gesamten Probenzeit mit Ände-

rungen am Text beschäftigt. Im Juni kommt auch Arnolt Bronnen nach München.
Im August reist Brecht nach Berlin und hilft Bronnen bei der Inszenierung des Dramas *Pastor Ephraim Magnus* von Hans Henny Jahnn für das von Jo Lherman und Emile Szittya begründete Unternehmen *Das Theater*. Über Bronnen lernt Brecht in diesen Tagen Helene Weigel kennen. Im Herbst arbeitet er in München mit Lion Feuchtwanger an *Leben Eduards des Zweiten von England*.
Marianne Zoff lebt mit der Tochter Hanne im Herbst und Winter 1923/24 bei ihren Eltern in Pichling. Ab und zu treffen sie sich in München (z.B. Ende August/Anfang September oder am 8./9. November: bei Feuchtwanger begegnen sie – am Tag des Hitler-Putsches – Bernhard Reich und Asja Lacis).

*

76

Liebe Marianne,
es ist hier seehhr langweilig
Aber still
Essen, trinken, lesen
Schlangenfraß, Kako, Detektivgeschichten
Graues Wetter
Lherman (eine Zeitlang)
Magenweh
Schreibmaschine
Kein Geld (keine Butter. Kein Ei. Keine Marmelade)
Pläne
In den westlicheren Gegenden größere Veränderungen günstiger Art

Wenn Du kommst, wie Du fortgingst, wäre es gut diesmal
Des Menschen Leben währet 70 Jahre
Wie ist es mit Hanne
Ich habe Minimum zwei Stunden täglich Pause
Die Zeit, wo ich sie immer angrinste
Es ist auch stiller, wo sie lebt
Ich küsse Dich

b

Grüße Deine Eltern und Deine Schwester

[Berlin, August 1923]

77

Liebe Marianne,
ich schreibe nie, aber ich warte mitunter auf Briefe
Ich mache mir eine Menge zu schaffen, aber ich weiß nicht genug gegen meine krankhafte Langeweile. Die Abende durch sitze ich meistens hinter den Kulissen des Theaters herum und lasse mir von den Bühnenarbeitern Zoten erzählen. Über die Umwälzungen in den westlichen Gegenden wird Dich Erstaunen befallen, und wenn Du nicht gut gewesen sein solltest, wirst Du plötzlich im Unrecht sitzen
Es ist auch an der Zeit, daß Du wieder heimkommst mit Hah neh der Erhabenen, die Blätter färben sich gelb und Dein Mann hat angefangen, Pfeife zu rauchen, und hat in der Philosophie dazu gelernt
Sein Magen liebt nicht das roh Gekochte der Pueblos und die Getränke, die berauschen den, der

sie nicht gewohnt ist, allein Trinken ist unschicklich, Dein Bett steht leer und ich schlafe allein in der roten Decke

b

Liebe Hah neh, liebliche,
wie ist es
Willst Du noch lange in Pich-ling leben
Dein Zimmer steckt voll Tabakrauch, Liebliche, und es wird nebenan gesungen wie von sieben Teufeln
Das Mobiliar streikt und Du müßtest nach dem Rechten sehen
Willst Du nicht Deinen Erzeuger wieder betrachten, wie immer er auch aussieht, deinen schwarzen Erzeuger, Hah neh???
Er spuckt jetzt in die Zimmerecken und hat sieben Millionen Angewohnheiten angenommen, die abscheulich sind. Du mußt nach dem Rechten sehen
Wenn er in Dein Zimmer tritt, sagt er Salaam, Erhabene, was ein Sakrileg ist, da Du nicht vorhanden bist
Und er ist außerdem blaß. Weil er zwischen Küche und Gang ein Gespenst gesehen hat, das Windeln wusch und ihn an eine Frau erinnerte, die er einmal gekannt hat
Es gibt kaltes Wasser für derlei, aber ich denke, Du solltest nach dem Rechten sehen
Ich küsse Dich auf Dein zweites Gesichtchen, wofern es frisch gewaschen ist, woran unsere Stadt nicht zweifelt

b

Die Adresse Deines Vaters ist Akademiestraße 15.

Die Stadt heißt München, das Land Bayern, der Stern Erde

[Berlin, Ende August/Anfang September 1923]

78

Liebe Marianne,
Dein Brief an Esther hat mich wie auf den Kopf geschlagen. Ich habe ein dringendes Gespräch nach München angemeldet 33994. Weiß aber nicht, ob ich Dich an den Apparat kriegen kann. Natürlich darfst Du auf gar keinen Fall aus der Wohnung gehen, bevor ich wieder da bin, das kann frühestens Ende nächster Woche sein, da ich hier noch mit ganz vitalen wirtschaftlichen Fragen, Hollaender, Jessner usw. beschäftigt bin und dann noch nach Hamburg muß, Du mußt Dich tapfer halten, Mariandl, Du mußt es direkt darauf ankommen lassen, daß man Gewalt anwendet. Man wird es nicht tun. Einmal heraus, kommt man nie wieder hinein. Dann mußt Du unbedingt Geis im Nationaltheater anrufen 22314, er soll Dir helfen. Auch beim Wohnungsamt. Auch Kaufmann und Dr. Frank alle nacheinander, das ist entscheidend.
Außerdem und wenn es alles umsonst wäre, mußt Du meinen Vater anrufen, ob Du dort sein könntest. Was Du über Wien schreibst, ist natürlich irrsinnig. Ich verstehe es nicht. Wie kannst Du so was schreiben, Du mußt wissen, daß ich Dich liebe und daß alles besser geworden ist, und ich freue mich sehr auf Dich und Hanne. Du wirst auch jetzt meinen Brief haben (übrigens ist Mitte

der Woche, wie ausgemacht, von Drei Masken Geld 200000 Mark an Dich abgegangen, heute früh sind telegrafisch weitere 100000 Mark an Dich abgegangen)
Daß es Hanne nicht gut geht, ist schrecklich, und daß Du wieder schlechter daran bist, als wie ich fortging, ist mir nicht verständlich, Du solltest nicht zu viel ins Café gehen. Das wird Dich zwar ärgern, aber das macht nichts
Liebe Marianne, ich habe über dem Gleisdreieck gemerkt, daß wir zusammen sehr alt werden werden, wenn wir nicht zu dumm sind, und obwohl es mir nicht besonders geht mit dem Magen und so, geht es mir doch wieder viel besser und ich sehe wieder viel klarer
Aber Du tust, als seist Du nicht mehr verheiratet? Das wäre nicht klug und die kleine Hanne würde sich nicht darüber zu freuen haben und ich müßte meine Reise unterbrechen und könnte Dich nicht mehr küssen usw. usw. usw.

Dein bert

Also: 1) Kaufmann anrufen!
2) Geis anrufen (für sonntags: 61959 = 61959)
3) Dr. Frank anrufen 50471

Sonntag werde ich nochmals bei Feuchtwanger anrufen, so früh als möglich! Du wirst geholt werden!

bert

[Berlin, Ende August/Anfang September 1923]

79

München, Oktober 1923

Da ich Dir vor Deiner Abreise nach Pichling so dringend, als es mir möglich war, gesagt habe, eine Reise nach Wien bedeute unsere Trennung in der schärfsten Form, wird es Dich hoffentlich nicht überraschen, daß ich jetzt die Scheidungsklage gegen Dich wegen Ehebruch durchführen werde.
Ich bin natürlich ein Idiot gewesen. Ich bedaure die Zeit, die ich mir von Dir habe stehlen lassen. Es ist bezeichnend, daß der einzige Mensch, dem ich jemals getraut habe außer meiner Mutter, ein so lächerlicher und gewöhnlicher Bluff war
Wahrscheinlich wirst Du nicht einmal begreifen
Da Du doch auf der ganzen Linie im Recht bist
Geh wirklich zum Teufel

80

Liebe Marianne,
ich habe jetzt auch Deinen Brief erhalten. Ich danke Dir noch einmal, ich bin Zeit meines Lebens in Deiner Schuld – aber ich bitte Dich, von heute ab meinen Namen abzulegen. Es ist das nicht aus Mangel an Achtung, ich habe vor niemand *mehr* Achtung als vor Dir. Ich habe, im genauen Bewußtsein Deines Werts, nie gewünscht, Dich zu verlassen, und nie, daß Du mich verließest. Ich bin ohne Verbindung mit irgend jemandem.

b

Ich möchte Dich nicht gerne sehen jetzt, nur im äußersten Fall, d.h. wenn es *Dir* schlecht geht. Ich bin ganz ratlos wegen Hanne, die ich nicht weglassen kann.

[München, Oktober/Anfang November 1923?]

81

Liebe Marianne,
ich bekomme eben Deinen Brief und teile Dir in dem Gefühl, daß Du Dir schon jede Möglichkeit genommen hast, damit etwas anzufangen, folgendes der Vollständigkeit halber mit
Wer bei uns übernachtet hat, war die Frau des Cas etwa viermal
Mit der Bi bin ich seit vier Wochen nicht mehr zusammen gewesen, habe sie auch nicht mehr gesehen. Seit etwa drei Wochen ist sie verlobt. In einigen Wochen wird sie heiraten. Die Sache ging nicht von ihr, sondern von mir aus
Ich hätte das alles schon schreiben können, aber es war nicht nötig
Daß Du in Wien bist, ist eigentümlich und paßt zu der Art, wie der liebe Gott sich seine Stellung zu mir denkt
Ich glaube, daß es andere Gründe sind, die Dich hindern, in Dein Bett zurückzukommen
Ich war eigentümlicherweise die ganze Zeit über allein, hatte nachgedacht und in guter Weise allerhand auf Dich und Hanne eingestellt
Seit Jahren war es die einzige Zeit, wo ich allein war, es gefällt mir nicht übermäßig. Aber wenn es stimmt, was ich mit dem Begriff Wien verbinde,

will ich Dich nicht mehr sehen und auch Dein Kind nicht, solang Du bei ihm bist. Ich habe es Dir gesagt beizeit
Ich bin voll Abwendung gegen Dich und schäme mich dieser Zeit tief

Deine Sachen stehen da zum Abholen. Das Mädchen werde ich gehen lassen
Du kannst zum Teufel gehen

[München (?), Januar/Februar 1924]

*

Nach der Uraufführung von *Leben Eduards des Zweiten von England* am 18. März 1924 in München und einem kurzen Berlin-Aufenthalt Ende des Monats fahren Brecht und Marianne Zoff mit der Tochter Hanne nach Italien, sind ab 18. April auf Capri, ab 9. Mai in Positano bei Neapel. Anfang Juni besucht sie dort Bernhard Reich; auch Caspar Neher ist in Positano. In der zweiten Junihälfte fährt Brecht nach Berlin, anschließend nach Augsburg, Marianne Zoff kehrt am 24. Juli nach München zurück.
Im Juli/August arbeitet Brecht in Augsburg wieder an *Galgei*, dem späteren *Mann ist Mann* (vier Akte werden fertig); er hofft auf eine Aufführung seines Stückes *Im Dickicht der Städte* in Berlin.
Aus München bittet Marianne Zoff Anfang August den Verleger Gustav Kiepenheuer um Hilfe bei der Suche nach einer Wohnung in Berlin. Am 11. des Monats schreibt sie, sie könne die Wohnung erst ab September bezahlen.

Ende August übersiedelt Brecht nach Berlin. Er wohnt im Atelier von Helene Weigel in der Spichernstraße 16.

*

82

Liebes Mariandl,
ich bin etwas angestoßen gewesen, aber Du weißt, daß ich Dich und Hanne herausgesucht habe, Du mußt auf sie achtgeben und sie auf Dich, ja? Es *muß* jetzt gute Jahre geben für uns, willst Du nicht?

b

Ich hab mich sehr gefreut, daß Du gekommen bist, wenn auch mein Gesicht noch etwas zugefroren war! Schreib mir bald über die Hanne und wie es Dir geht, ruhe Dich aus!!!

[Juli 1924?]

83 (Postkarte)

Liebe Mariandl,
willst Du nicht mal herüberkommen, am besten mit der Hanne oder auch allein. Cas ist jetzt da und wir arbeiten. Was tust Du? Warum schreibst Du nicht? Wenn Du *nicht* kommst, komm ich, dieser Tage. Es ist hier so langweilig, als man es nur wünschen kann. Ich küsse Euch untertänigst beide auf den großen Zeh, der bei Hanne kleiner ist.

bert

Bitte grüß Deine Eltern! Bring, wenn Du kommst, Post und Lederjacke mit!
Ich habe von Otto das Motorradfahren gelernt!

[Poststempel:] Augsburg, 24. Juli 1924

84

Liebste Marianne,
ich danke Dir für die Fotos, die ganz gut sind
Es wäre schön, wenn Du herüber könntest ohne Gefahr für die Hanne
Ich denke folgendes wegen Wien
Erstens: kannst Du nur dann zunächst nach Wien, wenn Du ganz und gar und auf Lebenszeit verheiratet bist. Eine klare Sache
Außerdem: müßtest Du entweder die Hanne durch die Trude nach Wien bringen lassen und selber vorher in Berlin nach der Wohnung (in Potsdam) schauen. Oder wenn die Trude nicht Montag oder so, sondern viel später erst fährt, mit der Hanne nach Berlin und dann erst nach Wien
Vielleicht kannst Du doch herüber?
Auf jeden Fall ist Wien nur ein Ausflug hauptsächlich für die Zeit, wo ich nicht in Berlin oder dort sehr beschäftigt bin
Ich glaube nicht, daß Du denkst, ich hätte Dich nicht lieb. Wenn ich auch jetzt ganz geistesabwesend und nicht ohne Depression bin
Aber ich werde immer eine Menge auf Dich abladen, *weil* Du meine Frau bist. Es wird immer an Dir hinaus gehen
Bis zu dem Tag, wo Du weggehst, bist Du meine einzige Frau und Hanne mein einziges Kind. Aber

es ist nicht gut, wenn Du mir diesen Gedanken (nämlich daß Du weggehst) einsuggerierst
Ich küsse Dich also und Hanne und bin Dein

bert

Bring bitte Grammophon und Hannefotos mit!

[Augsburg, August 1924]

85 (Postkarte)

Liebste Mariandl,
bitte such gleich das Soufflierbuch »Dickicht«, ein blau geheftetes Schreibmaschinenexemplar mit dem Stempel des Nationaltheaters, vielen umgebogenen Seiten und Strichen. Vielleicht steckt es in einem großen gelben Kouvert und liegt auf dem Schrank in meinem Schlafzimmer. Schicke es *sofort* expreß eingeschrieben nach Berlin, Deutsches Theater, Engel, Schumannstraße, es ist ungeheuer wichtig! Ich arbeite jetzt fieberhaft »Galgai«, muß vielleicht schon Anfang der Woche nach Berlin!!! Viele Küsse auf Hannekinds Popotscherl (hinten!)

bert

Telefoniere ins Staatstheater 22314, sie möchten bitte »Dickicht«-Material nach Berlin schicken! Sag es Dr. Gutherz!

[Poststempel:] Augsburg, 28. August 1924

Liebe Marianne,
ich danke Dir für Deinen Brief. Das Geld konnte ich nicht vorher schicken, weil es fälschlich nach Augsburg ging, während ich hier, in Berlin war. Meine Pleite hat mich schon Ende August hierher getrieben! Ich denke immer an Euch und denke immer, daß ich für Hanne arbeite. Ich will anfangs Oktober nach Wien kommen; denn im Oktober bin ich in Augsburg, um zu arbeiten. Bitte, schreib mir doch über Hanne *mehr*, soviel Du kannst, mindestens zweimal die Woche, ich warte sehr darauf. Hier kann man so schlecht schreiben, Du weißt doch! Glaub auch nicht, daß ich mir nichts überlege.

Küsse Hanne!
bert

Berlin, [Anfang September 1924]

Bitte schreib mir, wenn Hanne was braucht, Stiefel oder so! Ich bin furchtbar knapp, aber ich denke, Du bist es auch!

*

Im September 1924 wird Brecht von Max Reinhardt als Dramaturg ans Deutsche Theater engagiert. Dort hat am 29. Oktober unter der Regie von Erich Engel *Im Dickicht der Städte* (unter dem Titel *Dickicht*) Premiere.
Am 3. November wird Brechts und Helene Weigels Sohn Stefan geboren. In diesem Monat lernt Brecht Elisabeth Hauptmann kennen, und am Staatlichen Schau-

spielhaus am Gendarmenmarkt kommt unter der Regie von Jürgen Fehling *Leben Eduards des Zweiten von England* heraus (4. Dezember). Marianne Zoff fährt Mitte Dezember mit Tochter Hanne nach Baden bei Wien, wo ihre Eltern jetzt leben.

Im Januar und Februar 1925 hat Brecht Filmpläne (gemeinsam mit Erich Engel, Leopold Jessner und Fritz Kortner); überliefert sind aus dieser Zeit lediglich vereinzelte Notizen. Daneben verhandelt er mit dem Ullstein-Verlag, da sein Vertrag mit Gustav Kiepenheuer, der vor dem finanziellen Zusammenbruch steht, nicht verlängert wird.

Im März/April 1925 nimmt Brecht die Arbeit am *Galgei* wieder auf, wobei er einschneidende Veränderungen in der Fabelführung vornimmt. Das Stück wird erst 1926 unter dem Titel *Mann ist Mann* uraufgeführt.

Im Rahmen seiner Anstellung als Dramaturg soll er ein Stück von Luigi Pirandello inszenieren. Vermutlich handelt es sich um *Mann-Tier-Tugend*, das unter dem Regisseur Henckel im September an den Kammerspielen des Deutschen Theaters herauskommt.

*

87

Liebe Haha neh,
es gibt hier große Schiffe mit Kognak
Trink Deine Milch nicht zu heiß, Erhabene
Und Dein Papa hat für Dich ein kleines Krokodil eingekocht
Sage Mamma, sie soll braun werden
In einer Kajüte, die immer leer ist, hockt ein schwarzes Klaviertier, das nie den Mund aufmacht

Wie Haha neh
Ist sie auch dick wie eine Kokosnuß
Lacht sie auch noch, wenn Mamma ans Bett kommt, wenn sie schläft
Sage Mamma, es ist ruhiger Himmel in Sumatra
Die Hängematte ist bereit und auch das Hängemättchen
Die Milch kommt jeden Morgen und
jeden Mittag geht Papa in die sehr leere Kajüte und schaut in die Holzkiste
Küsse Mamma oder gib einen Ton von Dir, einen von Deinen kleinen spaßhaften

papa

[1924/1925?]

88

Liebe Marianne,
bitte sei nicht ungeduldig wegen Geld
Ich habe gar nichts in der Hand die letzte Woche her. Du bekommst vom ersten Geld, das das Theater mir gibt. Außerdem von Drei Masken
Ich bin in keiner besonders guten Lage
Film mit Jessner, hoffe ich, klappt. Außerdem einer mit Kortner und Engel, in beiden Rollen für Dich. Auch die Hindemithoper jetzt endgültig ausgemacht und noch etwas
Bitte schreib über die Hanne. Ich wollte Du begriffest, daß sie für mich sehr wichtig ist

Dein
bert

Ich denke nicht daran, meine Ehe mit Dir aufzugeben, vergiß das nicht! *Wenn* Du es aber vergißt, wirst Du den härtesten Kampf Deines Lebens um *unsere* Hanne vor Dir haben

[Berlin, Januar/Februar 1925]

89

Liebe Marianne,
vielen Dank für Deinen Brief, der mich sehr gefreut hat
Ich habe meinen Geburtstag erst am zwölften bemerkt
Ich habe noch nie so viel gearbeitet, so wenig gegessen und mich so gelangweilt
Es ist möglich, daß ich mit Engel und Kortner im Frühjahr in Sizilien filme, und ich habe mir eine Rolle für Dich ausbedungen
Ich stelle natürlich den ganzen Sommer auf Dich und Hanne
Ich hoffe, daß Du nichts Dummes machst
Das Atelier hier ist eingerichtet mit Möbeln (vom Theater gemacht)
Bitte schick mir den Schlüssel zum Koffer, in dem der Teppich ist, und zum Korb, wenn da drin Manuskripte sind, was ich fest glaube
Zur Not kannst Du natürlich mit Hanne hier wohnen, aber schlecht mit einem Mädchen
Warum schickst Du kein Foto von Hanne. Ich habe nicht einmal alte
Ich stelle alles auf Dich
(Mache mit Jaap Kool Jazzballaden für Dich usw.)
Ziemlich sicher kommt auch der Jessnerfilm zustande

Du hast jetzt lange Zeit gehabt und Du mußt jetzt wissen, daß Du zu mir gehörst. Auf jeden Fall, Marianne

Ich habe keine Frau außer Dir und werde keine haben. Ich weiß ganz gut, daß Du am meisten Klasse hast von allen Frauen ringsum und doch am besten zu mir paßt. Ganz abgesehen davon, daß Du mein Kind hast, aber Du muß mir ganz entschieden schreiben und ganz fest, hörst Du, ich habe große Lust, Dich wieder um mich zu haben, und Du fehlst mir sehr. Fortwährend

Ich habe auch keine Lust, mit jemand anderem zu schlafen

Ich will nicht, daß Du das als Phrase nimmst und es nicht glaubst

Bitte schreib mir   Dein bert

Die Hauptmann, die mir Kiepenheuer nach einer alten Ausmachung als Sekretärin für diesen Monat bezahlen mußte (sonst sind alle Brücken abgebrochen), sucht die Wohnung für Dich und hat Dir geschrieben

Antworte ihr bitte sofort und genau

Küsse die Hanne von mir

Ich habe eigenes Telefon Uhland 7492, Du kannst mich, nach Anmeldung, daß ich auch da bin, anrufen, wenn Du willst! Nachts oder morgens bis zehn

[Berlin, Mitte Februar 1925]

90

Liebe Marianne,

was für ein unvernünftiger und unfreundlicher Brief

Ich werde mich also nicht auf Dich stellen, nicht?

Was Fräulein Hauptmann betrifft, so schreibt sie einige Tage in der Woche auf der Maschine für mich und wird von Kiepenheuer bezahlt und beschäftigt. Ich bin mit ihr so wenig befreundet wie mit Kiepenheuer selber

Meinen Vertrag habe ich nicht verlängern können und es besteht auch keine Aussicht. Ich habe nach Abzug der Steuer 600 Mark vom Theater und sonst nicht einen Pfennig. Ich weiß nicht, wie ich für Dich Geld auftreiben soll. Dennoch werde ich Dir 100 schicken. Ich bitte Dich auch, mir sofort zu schreiben, wann Du von Drei Masken das Geld bekommen hast. Es ist diesen Monat wahrscheinlich die letzte Rate. Ich habe vom Theater Vorschuß nehmen müssen für meine Wohnung und habe nur immer ganz kleine Beträge und die Restaurants sind sehr teuer

Du scheinst zu vergessen, daß es von mir nett war, Dir nett zu schreiben, nachdem Du knapp vor Weihnachten mit meinem Kind abgefahren bist und es mir unmöglich machst, sie zu sehen, mir nicht einmal eine Fotografie schickst oder einen Kofferschlüssel und Deine einzige Verbindung mit mir darin besteht, daß Du Geld brauchst (wogegen ich ja nichts habe)

Du scheinst sehr sicher zu sein

Aber ich bin, wie Du weißt, nicht so ganz gutartig und lebe nicht so besonders herrlich und in Freu-

den und kriege unter anderem gerade jetzt überall das gleiche Gesicht zu sehen (für jeden Menschen, der diese Wochen wegging und dieses bestimmte Gesicht hatte, habe ich einen Strich an die Wand gemacht und sie ist auf zwei Meter hin beschmutzt, liebe Marianne)
Es ist eine große Demütigung für mich, daß ich Dir jetzt nicht 400 Mark schicken *kann*

b

[Berlin, Februar 1925]

91

Liebe Hanne,
jetzt bist Du also schon zwei alt und bekommst also zwei Kerzen auf den Kuchen
Und ich habe Dir auch etwas für den Geburtstag gemacht, es ist nur nicht fertig geworden und Du mußt noch eine Woche warten.
Aber es ist sehr schön
Es ist schlimm, daß Du nicht mehr ins Pappibetti kriechen kannst
Aber im Frühjahr werden wir fortfahren zusammen und die Freundschaft auffrischen
Es ist grau und kalt hier und ohne das Pelzmanti könntest Du gar nicht aufs Gassi.

papi

[Berlin, Anfang März 1925]

92

Liebste Mariandl,

ich bin in einer grauenvollen Situation durch die plötzliche Zumutung des Theaters, irgendein Dreckstück von Pirandello zu inszenieren, während ich endlich am »Galgai« bin und dabei das Herumrennen um Geld! Ich habe jetzt im ganzen vier Dinger für Zeitungen geschrieben, aber vor Ostern kann ich nichts dafür bekommen und für Film nichts und vom Verlag nichts, scheußlich. Dennoch werde ich Dir heute oder morgen telegrafisch Geld schicken, ich habe noch einige Möglichkeiten

Glaube nicht, daß ich es lässig betreibe, obgleich jetzt fünf Sachen zugleich auf mich losgelassen sind (Film, Theater, »Galgai«, Zeitungen usw.)

Was ist's mit Hanne, ich bin furchtbar deprimiert, und warum schreibst Du nicht ausführlich und telegrafierst nicht. Was ist los. Du mußt den besten Arzt nehmen, ich werde das Geld unbedingt auftreiben. Ich werde lieber meine Möbel verkaufen als nicht alles tun für sie

Bitte schreib sogleich, sogleich!

Wegen einer Rente verhandle ich jetzt wieder, ich glaube, es wird gehen für ein weiteres Jahr, so daß uns an sich nichts mehr direkt passieren kann! Ich habe nur keine Mark Geld mehr, seit Tagen, und lebe eigentlich von Feuchtwanger, es ist sehr unangenehm!

Bitte, sei nicht bös, Du schreibst so hart, warum? Ich habe Dich sehr lieb und will so schnell als möglich mit Euch zusammen sein für den Sommer!

Ich küsse Euch, liebe Mariandl und liebe Hanne!

bert

[Berlin, März/April 1925]

93

Liebe Marianne,
warum schreibst Du immer so triste und niederschlagende Briefe??
Selbstverständlich habe ich deshalb nicht geschrieben, Du sollest gleich kommen, weil Hanne eben krank gewesen war, und hier ist alles grau und kalt und ich habe keine Wohnung für Euch oder mich, denn ich muß doch einen Arbeitsraum haben, jetzt wo ich den »Galgai« zu Ende schreiben muß. Und außerdem habe ich kein Geld, das weißt Du doch
Und ich kann nicht weg von hier, denn ich brauche die Gage
Wir müssen noch einen Monat warten, bis ich alles geordnet habe, nämlich das Geld des Sommers. Übrigens brauchst Du keine Angst zu haben, es geht
Du mußt irgendwann einmal die Katastrophenpolitik aufhören. Du bist selber weggefahren, obwohl Du eine Wohnung hattest und es mitten im Winter war, und jetzt mußt Du eben noch einen Monat bleiben, wo es grün ist und für Hanne gesund
Ich glaube, Du denkst überhaupt nichts, wenn Du mir Briefe schreibst. Sie sind so schlampig und unüberlegt und wehleidig und immer nur, wenn Du Geld brauchst, geschrieben. Du benimmst

Dich wenig rühmlich dieses Jahr, das sehr schwierig ist
Noch drei solche Briefe wie Deine letzten und ich fange an zu zweifeln, ob Du überhaupt noch Verstand hast

b

[Berlin, März/April 1925]

94

Liebes Mariandl und Hannerl,
das ist Papus Ostergeschenkchen, er hat es von den letzten zehn Mark gekauft, darum ist es so klein und rund! Alles gehört Hanni, Mammi gehört nur das Pelikani mit dem Schnabel, aber bei den Eichen darf sie mitessen und mit dem Balli darf sie auch spielen.
Malen darf nur Hanni.
Und damit noch viele Küsse extra, jedem gleich viel, genau!

Pappu

Viele Ostergrüße Omamma und Opappa!

[Berlin, April 1925]

95

Liebe Marianne,
ich danke Dir für Deinen Brief, ich bin sehr erschrocken darüber, es ist alles ganz anders, als Du meinst, es ist entsetzlich, daß ich nicht nach Wien kann ohne Geld

Es ist natürlich falsch, was Du erfahren hast, und falsch, was Du darüber schreibst, ich habe mich an kein anderes Kind gewöhnt als die Hanne und werde mich an kein andres gewöhnen, nie!!! Wie ich es Dir immer gesagt habe, *ich kann sie auch nicht aufgeben*, es würde schlimme Kämpfe geben, *ich kann Dich auch nicht aufgeben!* Du täuschst Dich auch über meine Stellung zur Weigel, ich stehe nicht gut mit ihr, und was immer Du tust, sie wird nie meine Frau sein

Ich bitte Dich, bei mir zu bleiben, liebe Marianne, ich habe eine schlechte Zeit, die schlechteste, die ich je hatte, und ich habe Dich so gern wie je und kann mit Dir am meisten von allen Menschen anfangen

Du weißt, wenn Du mit einem andern Mann gehst, ist es aus mit uns, aber tue es nicht

b

Liebe Mariandl, gehe nicht weg!

Samstag kommt Ludwig Berger nach Wien

Ich war öfters bei ihm Deines Filmens wegen und Du mußt ihm etwas Wien zeigen, er macht den »Walzertraum« und Du wirst bestimmt filmen können darin

Er hat mir sein Stück »Königin Luise« vorgelesen, *ich habe es sehr schön gefunden*

Bitte, sage ihm nichts von uns, bitte

Was ist mit dem Sommer? Seit vier Monaten ruhe ich in Gedanken daran aus?

[Berlin, Frühjahr 1925]

96

Liebe Mariandel,
ich bin bis über den Hals darin, das Geld für den Sommer für uns drei zu verdienen.
Ich schicke am 10. hundert Mark wie ausgemacht.
(Dann am 20. und 30.)
Was ist mit Engagement? Strenge Dich nicht an!!!
Das Foto ist herrlich! Bitte noch eins für Papa!
Laß noch ein andres machen, bitte!
Ich küsse Dich

bert

[Berlin, Anfang Mai 1925]

97

Liebe Marianne,
ich möchte sehr gerne nach Wien, aber immer noch habe ich keine Einnahmequelle außer dem Theater und kann also nicht fort. Die Verhandlungen ziehen sich. Ich arbeite sehr angestrengt und lebe mit sehr wenig Geld.
Hast Du Dir überlegt, wohin man im Sommer kann? Es muß billig und warm sein und man muß baden können.
Ich bemühe mich, meine Langeweile mit Arbeit zuzudecken, und bedaure, daß Du so wenig schreibst. Ich hoffe, daß Dich das Theater nicht zu viel kostet, freue mich aber über Deinen Erfolg.
Übrigens fühle ich mich nicht ganz wohl und verlasse kaum das Zimmer, außer mit Homolka

abends und vormittags mitunter zu Feuchtwanger.
Küsse Hanne von mir und küsse mich

bert

Ich habe am 1. wieder Geld geschickt (nächstes am 11. und 21. jedesmal 100 M)

[Berlin, Anfang Juni 1925]

*

Anfang Juni 1925 wird Marianne Zoff für die Spielzeit 1925/26 an das Stadttheater Münster engagiert. Brecht verhandelt weiter mit dem Ullstein-Verlag. Sein Dramaturgenvertrag mit dem Deutschen Theater läuft mit Ende der Spielzeit aus.
Nachdem der Verlagsvertrag mit Ullstein zustande gekommen ist, fährt Brecht noch im Juni 1925 zu Frau und Tochter nach Baden bei Wien, wo er bis etwa Mitte Juli bleibt. Marianne Zoff wird erneut schwanger. In Wien halten sich zu dieser Zeit auch Oskar Homolka und Arnolt Bronnen auf.

*

98

Liebe Marianne,
ich arbeite mit Hochdruck, von hier wegzukommen, d.h. meine Verträge für Juli usw. unter Dach zu bringen. Ich hoffe, daß ich nächste Woche in

Wien bin, und zwar für den ganzen Sommer mit Berlin fertig.
Von Mitte Juni ab müßtest Du etwas an einem Wasser haben (willst Du Warschauers in der Nähe?)
Ich halte es für unmöglich, daß Du, liebste Mariandl, wirklich Dummheiten so schlimmer Art machst. Ich habe mich genau an das gehalten, was wir ausgemacht hatten, was *ist* also? Wenn aber, dann laß mich ja nicht kommen, dann will ich ein anderes Arrangement haben, um Hanne um mich zu haben. Solltest Du mich wirklich in *dieser* Zeit, wo ich *alles* aufbiete, nicht mit meiner ganzen Existenz in die Binsen zu gehen, verraten haben (für Dein Schwanken schiebe ich mir schon selber die Schuld zu, dafür kannst Du wohl nichts, ich gebe zu), dann wird es für Dich keine Annehmlichkeit sein, mir unter die Augen zu kommen. Warum schreibst Du nicht? Ich muß doch versuchen, einige Monate des Winters in Münster sein zu können, solange Du dort bist; was ist es damit? Wieso fehlt Dir Geld? Ich schicke doch, was ich kann? Das ist alles nicht nett.

bert

[Berlin, Anfang Juni 1925]

99

Liebe Marianne,
es ist mir so verleidet, zu schreiben, und so schwierig. Ich bin seit zwei Wochen immer knapp dran, meine Sache mit dem Deutschen Theater

und einen Verlagsvertrag unter Dach zu haben, und es wird und wird nicht fertig
Es hält mich bei Gott nichts hier. Es ist ekelhaft hier, aber ich habe weder das Geld zum Wegfahren noch Geld für den Juli und es ist schon der Juni bald herum, ich denke, daß ich bis Ende der Woche fertig bin. Ich verhandle mit Ullstein, es wäre gut, wenn das zustande käme, weil dann finanziell alles gesichert wäre, ich kann nicht denken, daß Du es übelnimmst, daß ich alles das machen muß und nicht damit fertig werde, Du kannst nur anderes vermuten, darum schreibe ich Dir, daß z.B. die Weigel schon längere Zeit weg ist auf Gastspiel, also ist sie es keineswegs, die mich hält, wie Du blöderweise anscheinend glaubst
Was würdest Du übrigens von der Nordsee halten???
Und wo willst Du hin in Österreich?
Bitte schreibe mir sogleich, ich bin sehr, sehr verdrossen. Fühle mich fortwährend gehetzt. Und ich will nicht einiger Tage wegen eine bessere Chance wegwerfen. (Ich glaube, daß ich 400 sogleich bekommen könnte, aber ich brauche 600)

b

[Berlin, Juni 1925]

100

Liebstes Mariandl,
ich bin in schrecklicher Eile, laufe beständig herum, da ich morgen, Donnerstag, noch mit Jessner wegen Film eine Sitzung hab, kann ich

erst Freitag abend fahren – und ohne Schlafwagen!!!
Ich habe mit Ullstein abgeschlossen, das ist der sicherste Verlag, ein großes Glück! Auch mit dem Deutschen Theater hoffe ich morgen und übermorgen noch zu einer Einigung zu kommen.
Dann ist alles erledigt bis Oktober! Ich habe in den letzten Tagen noch verhindert, daß ich im August (5. August) schon wieder hier sein und inszenieren muß! Aber jetzt bin ich also frei!
Sei also nicht grantig und freue Dich wie ich, ich freue mich sehr auf Dich und Hanne!
Ich telegrafiere noch genaue Stunde und Bahnhof! (Habe noch kein tschechisches Visum!)
Auf Wiedersehen, liebes Mariandl!

Dein bert

Nächstes Jahr Gott sei Dank gesichert!
Du brauchst nichts zu verdienen!

[Berlin, Juni 1925]

101

Liebes Mariandl,
Homolka »kann« mir das Geld erst morgen mittag geben, ich habe gesagt eine Million und: dann schlafe ich bei Dir und gehe nicht weg, vor ich es habe. Er holt es mittags und bringt es zwischen ½ 4 und 4 in das Café Herrnhof. Wenn Du Lust (und Langeweile) hast, dann komm hin! Aber: eine Million und um meine Schulden in Baden zu bezahlen, versprich Dich nicht! Nichts von seiner alten Schuld!

Küsse in der Früh Du Hanni!

bert

[Wien, Juli 1925]

102

Liebste Mariandel, Maschinko, Mäsche,

1) Wenn Du das Kind willst, dann bekomm's
2) Wenn nicht (und klüger ist's, zu warten, denn jetzt kostet's 6000 Mark und Deine Bühnenlaufbahn für immer und im Frühjahr kannst Du Zwillinge haben. Du weißt, daß ich von Dir so viele Kinder will, als ich haben kann), dann warte auf meinen Brief von morgen mittag mit einem Rezept Ottos
   Otto ist jetzt in München, um mit dem zu reden, von dem wir sprachen – für alle Fälle! Mach bitte ja nichts vor meinem nächsten Brief!
3) Brief an Hauptmann fort mit Annonce
4) Pappa freut sich wirklich, Dich und Hanne hier zu haben. Ich sagte, drei oder vier Tage, aber nicht, weil ich glaube, daß Pappa Dich nicht acht Tage haben will, sondern weil Du ja kaum mehr Zeit haben wirst
5) Nach Deinem Telegramm sieht es aus, als ob Du glaubtest, ich kümmere mich um nichts. Wieso? Ich bin mit nichts sonst beschäftigt und ständig in Augsburg
6) Die Fotos sind gut, d.h. zwei davon. Wir machen hier mehr als genug

Liebe Mäsche, Du bist wie ein kleines Mädchen und als seist Du aus allen Wolken gefallen. Ich werde doch mit allem fertig werden, was immer

Du auch willst, gestern bin ich sofort mit Otto nach München, aber der Mann war nicht daheim, heut ist Otto hinüber. Ich habe schon mit »Galgai« angefangen und vermisse die Hanne sehr und auch Dich. Frank habe ich gestern, Montag, gesehen. Er ist klug und brav, nächstes mehr davon
Also sei ruhig, Mariandl

bert

Hast Du schon neue Fotos von Hanne?

[Augsburg, Juli/August 1925]

103

Liebste Mariandl,
Deinen liebenswürdigen Brief verstehe ich nur, weil ich denke, Du bist recht aufgeregt. Ich hätte statt nach München fahren gleich depeschieren sollen. Dein erstes Telegramm kam Dienstag. Selbstverständlich war ich zu Haus und dann fuhr ich mit Ottos Auto innerhalb einer Stunde nach München, ohne Str. anzutreffen. Nachts zurück und Otto am Mittwoch wieder allein hinüber. Er brachte ein Rezept mit, das gut ist und das Du unter allen Umständen, vor Du was anderes machst, probieren mußt. Also
Du mußt in der Apotheke chininum sulfuricum Tabletten, die Tablette zu 0,5 Gramm verlangen, insgesamt zehn Stück. Davon nimmst Du sofort (nicht in nüchternen Magen) eine Tablette à 0,5 mit Wasser. Nach einer Stunde die zweite und nach nochmals einer Stunde die dritte Tablette. Das mußt Du zu den gleichen Stunden noch an

zwei Tagen, also drei Tage hintereinander machen
Wenn Du's in der Apotheke nicht kriegst, dann bitte Deinen Arzt um ein Rezept
Das Rezept kann nichts schaden
Mach es aber sofort
Das Geld bekommst Du, wenn es da ist, sofort
Bitte schreib gleich und sei nicht so albern wie in dem letzten Brief
Ich küsse Dich bert

Wenn die Apotheker fragen wofür, sag wegen Malaria, die Du gehabt hast
Schreib mir bitte sofort, ich bin *natürlich* in Augsburg

[Augsburg, Juli/August 1925]

104

Liebes Mariandl,
ich schicke durch Flugpost Chinin. Gleichzeitig einen Brief durch Expreßpost
Also:
Es sind zehn Chinintabletten in dem Brief, den ich der Vorsicht halber an Deinen Vater adressiere, der ja Malaria haben kann.
Nimm sogleich eine davon mit Wasser (nicht auf nüchternen Magen)
In einer Stunde eine zweite
In einer weiteren Stunde die dritte
Am nächsten Tag um die gleiche Zeit (also 24 Stunden später) wieder drei in Abständen von einer Stunde und noch einmal am dritten Tag

Also:
Zusammen neun Tabletten. Jeden Tag drei in Abständen von einer Stunde
Es hilft sicher
Es ist möglich, daß Du Ohrensausen kriegst
Wenn es nicht sehr schlimm ist, mache ruhig weiter
Du mußt es auf jeden Fall versuchen. Es wäre doch viel, viel besser, nicht?
Ich küsse Dich, liebes Mariandl

bert

Natürlich war ich da, als Dein erstes Telegramm kam. Ich fuhr gleich nach München sogar

[Augsburg, Juli/August 1925]

*

Anfang August 1925 sind Marianne Zoff und Tochter Hanne für einige Tage bei Brecht in Augsburg. Er arbeitet am *Galgei*. Anschließend fährt Marianne Zoff nach Münster ins Engagement. Tochter Hanne ist bei ihr.

*

105

Liebes Mariandl,
heute, Donnerstag abend, bin ich immer noch ohne Nachricht und ziemlich besorgt! Was ist? Wie geht es Hanne? Wie sind Zimmer, Hausfrau, Leben in Münster?

Brauchst Du was?
Die Fotos sind fast alle gut, übermorgen schicke ich Dir die Abzüge, die noch nicht fertig sind. Ich freue mich sehr darauf.
Hier nichts Neues!
Papa ist sehr von Dir eingenommen und erstaunlich von Hanne begeistert. Erster derartiger Fall seit 20 Jahren Beobachtung! Bitte, schreib viel!
Ich küsse Euch

bert

Hast Du das Gepäck? Wie steht's mit dem Geld?

[Augsburg, Anfang/Mitte August 1925]

106

Liebstes Mariandel,
was ist's mit Hanne? Ist es schlimm?
Bitte schreib mehr!
Hier der größere Teil der Bilder (die besten)
Wie sind sie?
Ich stecke mitten im »Galy Gay« und hoffe, daß er endlich fertig wird jetzt!!!

Dein
bert

[Augsburg, Anfang/Mitte August 1925]

107

Liebe Mariandl,
ich bin aufs äußerste bestürzt über Deinen Brief. Was soll ich tun. Ich werde alles tun, zu Geld zu

kommen. Pappa ist gerade weggefahren. Aber ich habe nach Berlin telegrafiert. Alles das dauert so lang. Hier ist eben keine Möglichkeit, Geld direkt in ein paar Stunden aufzutreiben. Eventuell muß ich nach Berlin fahren. Nach Münster zu kommen hat gar keinen Wert. Es ist teuer und nutzlos. Denn wo wohnen? Ich möchte nicht, daß Du glaubst, ich kümmere mich nicht, ich dachte, es sei in Ordnung und sonst ließ sich nichts machen. Momentan kann ich Dir noch meine 50 Mark schicken, was sonst? Aber ich werde schon bekommen, schreibe mir auch, was die Wohnung für ein halbes Jahr kostet. Aber Du darfst jetzt den Mut nicht verlieren, Mariandl. In einer Woche sind die Leute im Theater. Du kannst ja Dein Mißgeschick schildern. Und in ein paar Tagen habe ich Geld. Ich bin in großer Sorge wegen Hanne und habe schlechte Tage, bis Du schreibst, daß es Euch besser geht. Auf keinen Fall darfst Du die Hanne wieder auf Züge bringen. Kein Dran-Denken an Wien. Es ist, als ob Du mir Vorwürfe machen wolltest. Ich lasse Dich nur Deine Wünsche ausführen und ich habe nach bester Kraft für Wohnung gesorgt und Dir fast alles Geld mitgegeben. Du mußt Dir, auch wenn Du verzweifelt bist, jeden Vorwurf genau überlegen. Ich kann nicht jeden Augenblick anderes machen. Einmal Dich ins Engagement lassen, dann wieder nicht. Du hast, ohne mein Einverständnis zu erfragen, den Vertrag abgeschlossen und ich hab mein Engagement am Deutschen daraufhin aufgegeben. Usw. Du mußt durchhalten, was Du anfängst ohne mich. Und Du mußt es nur so lang, als Du willst, und kannst jederzeit wieder bei mir bleiben und ein Kind bekommen nach diesem Theaterversuch, gegen den ich mißtrauischer war als Du. Ich glaube fest, daß Du es machen kannst und es gut ist, wenn Du es zu machen versucht hast. Ich habe Dich immer gleich gern und habe für niemand zu sorgen als für Euch zwei und Du bist nicht in Wien zu Haus, sondern bei mir. Bitte schreib mir sogleich alles, was vorgeht, jeden Tag mindestens einen Brief, ich bin in großer Sorge

bert

Ist Hanne immer noch krank???
Wieviel soll ich schicken??? Schreib es genau!
Dein Brief kam erst heute, Freitag abend, fünf Uhr, an, wann hast Du ihn weggeschickt? Ich schickte sogleich Telegramm ab!
Was die Wohnung betrifft, für die Du ½ Jahr vorauszahlen mußt: wenn sie hübsch ist, mach aus, daß Du 700 M sogleich (ich werde sie schon auftreiben!) und den Rest am 3.-4. September zahlst! (Wenn es nicht mehr als 700 M höchstens ist!)

[Augsburg, 14. August 1925]

108 (Postkarte)

Liebe Marianne,
ich habe keine »schönen Tage am See« und Du würdest Dir bitte derlei Wünsche schenken –
Ich schickte Dir heut, Montag mittag, 70 M, alles, was ich noch in der Tasche habe
Samstag war hier Feiertag und nichts aufzutreiben, jetzt bin ich ohne jedes Geld, aber ich bin froh, daß Ihr Wohnung habt

Wenn Du schreibst darum, schicke ich Dir noch 30 M, die mir George leihen könnte. Brauchst Du sie, dann schreibe!
Küsse Hanne

bert

[Poststempel:]
Augsburg, 17. August 1925

109

Mittwoch

Liebe Marianne,
Warum schreibst Du nicht???
Ich habe Dir telegrafisch 70 und per Postanweisung 30 Mark geschickt
Ich bin ohne Pfennig Geld und kann nicht nur an keinen See, sondern nicht einmal ins Kino
Ich glaube schon, daß Deine Situation ungewohnt ist, aber Deine Art mir gegenüber ist nicht so, daß sie mir gefallen kann
Man kann mich nicht wie einen Schubiack behandeln, auf keinen Fall
Ich habe Dir keine Schwierigkeiten in den Weg gelegt, zum Theater zu gehen, um einem Vorwurf zu entgehen, ich hätte Deine Karriere zerstört, aber ich werde es mir keineswegs gefallen lassen, Vorwürfe zu hören, ich hätte Dich gezwungen, zum Theater zu gehen. Ich bitte Dich aufzuhören, mir zu schreiben, wenn Du keine fünf Zeilen ohne subalterne Anspielungen und Ironien und keinen Brief ohne versteckten Vorwurf schreiben kannst
Wenn Du mir gegenüber kein Heimgefühl hast, dann schenke es Dir, es mir fortgesetzt zu versichern, und wenn Du nur schreibst, wenn Du Geld

brauchst oder mich ärgern willst, dann bleib bei Telegrammverkehr

b

[Augsburg, 19. August 1925]

*

Bis Anfang September 1925 stellt Brecht seine Stücke *Galgei* (*Mann ist Mann*), *Im Dickicht der Städte* (eine Umarbeitung) und die Gedichtsammlung *Bertolt Brechts Hauspostille* fertig; er fährt am 11. September nach Berlin.
In Münster beginnen am 5. des Monats die Proben für die neue Spielzeit (Eröffnung: 20. September). Marianne Zoff tritt als Echo in der Oper *Ariadne auf Naxos* von Richard Strauss auf bzw. als Sängerin in dem eingelegten Intermezzo *Der Bürger als Edelmann* von Molière. In der Operette *Die beiden Nachtigallen* von Willy Bredschneider singt sie die Lotti Nachtigall (Premiere: 10. Oktober), außerdem die Katharina in der komischen Oper *Der Widerspenstigen Zähmung* von Hermann Goetz (Premiere: 21. Oktober). Am 12. November ist Premiere der komischen Oper *Casanova* von Albert Lortzing mit Marianne Zoff als Bettina.

*

110

Liebes Mariandl,
ich habe den ganzen »Galgai« fertiggemacht und bin sehr erleichtert. Auch »Dickicht« und »Hauspostille«.

Die drei letzten Tage habe ich mit Otto Auto gefahren, ich bin jetzt perfekt.
Am 20. (lese ich) hast Du Premiere, da bin ich in Münster. Zuerst, morgen, fahre ich nach Berlin (ich kann's im Schlafwagen und von Berlin nach Münster sind's nur sechs Stunden!) und schicke Dir, was Du willst.
Ich freue mich sehr, sehr auf Euch und was Hanne alles jetzt redet! Ich bin wieder sehr mager geworden, aber wohlauf!

Dein bert

[Augsburg, Anfang September 1925]

111 (Postkarte)

Liebes Mariandl,
bin wieder in der Spichernstraße und im Berliner Rummel! Am 20. oder vielmehr zur Generalprobe in Münster, schreib den Tag genau! Schminkkassette usw. bring ich mit, wenn Du nicht Eilbrief schickst! Sonst muß ich selbst zur Post damit, da die Hauptmann weg ist.
Das Geld für Wiener Schulden ist bei Deinen Eltern!
Was sonst?
Ich freu mich sehr, sehr auf Euch!

Euer
b.

Schreib auch Esther Warschauer! Eislebener Str. 13
Sie sind so nett!
Und Papa, über die Kinderfotos von mir und den

Wein! Kauf Dir doch ein Bett, aber erst wenn Du die richtige Wohnung hast!

[Poststempel:] Berlin-Wilmersdorf, 11. September 1925

112

Liebes Mariandl,
ich fuhr hierher, weil ich eine Unterredung mit Reinhardt hatte und im Schlafwagen fahren konnte. Auch komme ich von hier nach Münster leichter, ich komme also erst am 1. oder 2., denn ich kann nicht drei Wochen bleiben, ich habe ans Theater deswegen geschrieben
Die Schminkkassette geht heute noch ab. Alles andere bringe ich mit
»Galy Gay« ist fertig
Ebenso »Dickicht« und »Hauspostille«
Ich freue mich ungeheuer auf Euch
Ich soll grüßen von Feuchtwangers, Warschauers, Zweig
Und wenn ich komme, dann werden wir das tun, was wir in Augsburg getan haben, nicht?
Liebes Mariandl

Euer
bert

[Berlin, Mitte September 1925]

113

Ich finde Deine Briefe maßlos
Ich habe Dir geschrieben, ich wolle kommen, und Du hast geschrieben, ich solle nicht, es hätte kei-

nen Sinn und Deine Premiere sei im Oktober. Wenn Du glaubst, ich komme jede Woche auf zwei Tage, ist das unmöglich. Ich muß 24 Stunden fahren und habe allerhand zu tun außerdem. Ich kann leichter eine Woche bleiben als herumfahren. Deine beständigen Anwürfe sind unsäglich geschmacklos und gewöhnlich.
Was das Geld betrifft, ist es sehr peinlich. Ich habe Dir 100 Mark mehr geschickt, als ich im äußersten Fall hatte, und Deine Schulden bezahlt und jetzt nimmst Du zufällig in Deine Hand gekommenes Geld vollständig, ohne zu fragen, wovon soll ich leben? Ich habe die hundert Mark für Dich zurückbezahlt, ich habe 100 Mark für Telefon und Gas usw., Miete für zwei Monate, meine Reise bezahlt und alles von 600 Mark vom Deutschen Theater, die ich sparen wollte
Ich schicke Dir jederzeit, was Du brauchst, aber in so unfreundlicher Weise kannst Du Dich nicht benehmen. Selbstverständlich werfe ich Dir hier nicht etwa vor, daß Du Geld nimmst, sondern nur die Art und wie Du darüber schreibst. Natürlich ist mein Geld ebenso Deines. Ich muß nur auch irgendwie leben können und Du mußt Dich zumindest erkundigen, ob ich noch Geld habe zum Leben
Was das weitere betrifft, wirst Du Dich nicht mehr so bald zu beklagen haben, es ist ungeheuer, mir solche Schmutzigkeit vorzuwerfen. Du kannst Dich durchaus vor mir retten, liebe Marianne

[Berlin, September 1925]

114

Liebe Mariandl,

es ist sehr ungeschickt, daß Du nicht kommen konntest

Ich habe jetzt die ganze Woche Besprechungen usw. angesetzt und kann fast unmöglich kommen. Das Schlimmste ist, daß ich den Schlüssel zu Deinem Schrankkoffer nicht finden kann. Und ich will ihn nicht aufreißen lassen

Was machen?

Dazu kommt: ich hoffe in etwa 14 Tagen herunterkommen zu können und dann über Weihnachten in Münster gleich bleiben zu können. Und allzu oft diese 17 Stunden Bahnfahrt ist nicht gerade angenehm. Ich kann natürlich keinesfalls zu jeder Premiere kommen

Dann muß ich 300 Mark für die Wohnung zahlen. Und eine neue Zahnbrücke machen lassen, wofür ich bis jetzt 150 Mark angezahlt habe. 100 Mark Kimratshofen und so geht es fort

Kannst Du nicht nach »Casanova« her? Ich habe hier ungeheuer zu tun. »Baal« kommt nach Neujahr. »Mann ist Mann« habe ich immer noch nicht *ganz*, ich werde es Februar in München machen

Was ist mit Hanne. Warum schreibst Du so wenig? Ich habe ungeheuer viel zu tun und immerfort Leute da. Suhrkamp, Feuchtwanger, Homolka. Neulich Dein Bruder und die Simmon einen Abend, der nett war (er ist ziemlich pleite oder stellte sich so), dann Aicher, der Dich grüßen läßt. Auch Warschauers

Bitte schreib aber nicht immer so furchtbar unangenehm und nicht immerfort fordernd und unzufrieden, das macht einen, wenn man den ganzen Tag unterwegs ist und weder ins Theater noch in ein Kino kommt, entsetzlich gereizt. Und dann tust Du ganz selbstverständlich, als müßte ich natürlich immer jede zweite Woche 17 Stunden fahren und auf eine Woche hier den Laden zuschließen. Ich habe vor jedem Deiner Briefe Angst – seit Jahren

Küß Hanne und glaub jetzt nicht wieder, ich möchte Dich nicht gern sehen, und zwar lieber als alle diese Fratzen hier zusammen

Dein bert

Otto ist hierher gesiedelt und immerfort da auf dem Sofa

Hast Du die 150 bekommen?

[Berlin, Ende November/Anfang Dezember 1925]

115 (Postkarte)

Liebe Mariandl,

warum schreibst Du nichts? Ich bin unruhig. Was war mit »Casanova«? Aber, vor allem, was ist mit Hanne und Dir selber? Kannst Du herkommen? Hast Du Brief und Telegramm bekommen (am Samstag)? Schreibe *sofort* expreß!!

bert

[Poststempel:]
Berlin-Wilmersdorf, 24. November 1925

*

In Münster hat Marianne Zoff am 12. Dezember Premiere als Prinz Orlofsky in *Die Fledermaus* von Johann Strauß.
Brecht arbeitet zu dieser Zeit in Berlin an einer neuen Bühnenfassung seines *Baal*. An Weihnachten 1925 ist auch er in Münster.

*

116

Liebste Mariandl,
vielen Dank für den Brief.
Hier nichts Neues; alles langweilig, arbeite am »Baal«; was ist's mit Hanne? Was kostet das Puppentheater? Schreib's gleich! Ich freue mich *sehr* auf Weihnachten!
»Baal« wird wahrscheinlich 10.-15. Januar kommen.
Was macht Deine Arbeit? Hast Du die Massary verdaut?
Küsse Hannerl, *ich freue mich sehr, sehr auf Euch* und komme, sobald ich kann (ich *muß* aber fast noch Viertels Rückkehr von Dresden am 20. abwarten, denn da beginnen sofort die Proben und ich muß ihn vorher informieren!)

Euer
Pappubert

Liebe Hanni,
sei brav, mit dem Christkindi kommt Pappu

[Berlin, Mitte Dezember 1925]

117

Liebes Mariandl,
hoffentlich habe ich mein Telegramm am richtigen Tag geschickt, ich war nicht ganz sicher, ob es Samstag oder Sonntag war, daß Du Premiere hattest
Wie war es? Schicke die Presse. Sie ist sicher lustig
Und Hannes Fotos? Bitte schick sie gleich!!
Ich habe in drei Tagen »Baal« umgeschrieben. Es wird ziemlich sicher unter Viertel kommen. Mit Homolka
Schreib doch Pappa einmal und lobe ihn wegen dem Klavier und sage, Du werdest es noch gut brauchen können
Was tut Hanne. Hoffentlich grämt sie sich nicht
Und jetzt: wann ist – genau – die »Widerspenstige« und wann soll ich kommen?
Am 18. wäre ich gern in Halle, wohin Bronnen, Jhering usw. zu einer Premiere Rehfischs fahren. Aber wenn es nicht geht, geht's nicht
Schreibe mir aber sogleich darüber, wann ich kommen soll
Ich vermisse furchtbar Hannis Schwatzereien
Und küsse Euch allabendlich

Euer
b

[Berlin, Mitte Dezember 1925]

118

Liebe Hanni,
das Puppi kannst Du ganz anziehen wie ein richtiges Kindi. Sie heißt Mischi. Aber Du mußt mir einen Brief schreiben, ja?

Mit 1000 Bussi
Dein
Pappu

[1925/1926?]

119

Liebe Hanne,
ich komme in zwei Wochen zu Dir. Schreib mir einen Brief, ja?!

Viele Bussi
Dein Pappu

[1925/1926?]

*

Am 7. Januar 1926 schreibt Brecht das erste Kapitel zu einem geplanten Fortsetzungsroman *Der Lebenslauf des Boxers Samson-Körner*. In Berlin beginnen die Proben zu *Lebenslauf des Mannes Baal* ebenfalls im Januar. Im Rahmen einer Sonntagsmatinee führt die *Junge Bühne* im Deutschen Theater am 14. Februar diese »dramatische Biografie« auf. Brecht führt Regie, die Titelrolle spielt Oskar Homolka.
Brecht verhandelt weiterhin mit Ullstein (26. Januar). Ende Februar/Anfang März 1926 wird sein Verlagsvertrag verlängert.

Auf Einladung der Generalintendanz der Staatstheater fahren Brecht, Arnolt Bronnen und Alfred Döblin am 20. März nach Dresden, um am darauffolgenden Sonntag (21. März) als Vertreter der jungen Generation an einer Lesung aus eigenen Werken teilzunehmen; Brecht verarbeitet diese Reise in seinem Gedicht *Matinee in Dresden.*
Marianne Zoff freundet sich mit Theo Lingen an, der seit 1924 dem Ensemble in Münster angehört.

*

120

Liebstes Mariandl,
stecke tief im »Baal«. Warum schreibst Du so selten? Was tut Hanne? Ist's nichts mit Puccini? Bitte schreib öfter, ich komme kaum noch nach Haus und bekomme gar keine Post mehr!!! Ich versuche alles, um eine Kombination zu schaffen, daß Ihr im Herbst nach Berlin könnt. Es ist eine reine Geldfrage und nicht ganz leicht. D.h. gehen tut es auf *jeden* Fall, nur die Wohnung, dazu brauchte ich halt Geld. Aber ich hoffe, ich kriege es. Bitte, sei nicht ungeduldig, ich bin es jetzt selber und will Euch lieber als alles wieder hier haben. Schreib mir, bitte: »Ich hab Dich lieb.«

Dein
bert

Küsse Hanne!

[Berlin, Januar 1926]

121

Liebes Mariandl,
vielen Dank für Deinen Brief!!! Schrecklich viel Arbeit, Proben zu »Baal« und Samson-Körner! Dazu Verträge! In diesen Wochen entscheidet sich, wie lang meine Verträge mit Ullstein laufen! Ich habe gute Hoffnung! Wenn wir nur zusammen sein können! Ich vermisse Euch sehr, allmählich. Es ist so gut, daß Du so tapfer bist! Was ist's mit Hanne? »Baal« ist am 7. Februar, vormittags, einem Sonntag! Dazwischen muß ich noch nach Koburg (am 1.) und auf zwei Tage nach München diese Woche! Vorgestern wachte ich nachts plötzlich auf, weil ich glaubte, ich schliefe bei Euch und Hanne fiele aus dem Bett!!
Komisch!?

Küsse Hannerl
Dein bert

[Berlin, Ende Januar 1926]

122

Liebe Mariandl,
es ist schrecklich, ich bin bis zum Hals in Arbeit, weil ich den »Baal« zuerst selber arrangieren muß (Viertel *kann* nicht), und der Text gefällt mir noch nicht, wie gewöhnlich.
Was tut Ihr? Ich danke Dir sehr für Deinen Brief. Schreib doch öfter. Hast Du Zeit zum Ausruhen und für Hanne? Bitte schreib, ich denke fortwährend an Euch, wenn ich auch nicht schreibe.
Freitag bin ich für zwei Tage in München (und Sprung nach Augsburg), um einen Schauspieler für Galy Gay anzuschauen.

»Baal« am 7. Februar (Sonntag vormittag), Du mußt kommen.
Bitte schreib, liebe Mariandl, wie geht es Dir? Bist Du gesund? Und munter? Und mit Hanne zusammen?

Dein bert

Was ist's mit Hanni? Ist es verschwunden? Bitte schreib darüber!!! Und was ist sonst?

[Berlin, Ende Januar 1926]

123

Ich bin vollkommen außer mir. Ich werde *alles* tun, um das Kind vor diesem Burschen in Sicherheit zu bringen. Das Kind, das noch vor einem Vierteljahr reine, klare Augen hatte, blickt jetzt trüb und verstört und ich weiß nicht wie. Dein Verbrechen ist ungeheuer. Du bist das, was ich Dir sagte! Und jetzt ist noch dazu Dein Kopf weg! Ich werde Himmel und Hölle in Bewegung setzen, um das Kind zu bekommen. Aber vor ich es habe (und es wird vor Gericht alles zur Sprache kommen, was gegen ein Beisammensein des Kindes mit Lingen und gegen sein Verweilen bei einer Mutter, die dieses ermöglicht, gesagt werden muß), *bitte* ich Dich, es wegzugeben, zu mir nach Berlin, mit Angela am liebsten, oder nach Augsburg oder nach Wien, aber am liebsten hierher, wo es alles bekommen soll, und es würde nur mit Esther zusammensein!

b

Keinen Pfennig, vor Du das Kind nicht von Münster weg hast, nicht das Zehntel eines Pfennigs, Du bist ein verlorener Posten!
Vielleicht glaubst Du, ich kann Dir nichts machen, aber ich verspreche Dir beir Hanne, Du wirst keinen Schritt mehr tun können, ohne daß ich Unglück und Schande über Dich bringe, und Du wirst auch kein Glück mehr haben und sicher krank werden, *wenn Du jetzt nicht sofort das Kind aus Münster entfernst*

[Datierung von Marianne Zoff-Brecht:]
26. Februar [1926]

Meinst Du, das Kind ist ein Trampel, der *das* aushält?
?

124 (Postkarte)

Was ist eigentlich?
Ich bitte Dich, mir jetzt endlich zu schreiben

b

Ich bin ungeheuer empört

[Poststempel:]
Berlin-Wilmersdorf, 26. Februar 1926

125 (Telegramm)

danke für ehrlichkeit bin sehr niedergedrückt abfahre deutschland montag

brecht

Berlin, 2. März 1926

126

Liebe Marianne,
nach der »Baal«-Aufführung bin ich in einen harten Existenzkampf gezogen worden; vor einigen Tagen habe ich aber meinen Vertrag mit Ullstein verlängert und damit, nach meiner Ansicht, war der nächste Winter und Sommer 1927 gerettet; man versprach mir eine Wohnung. Ich bin trotzdem seit Tagen sehr unruhig gewesen. – Ich danke Dir noch einmal für Deine Ehrlichkeit: ich bin vollkommen niedergeschlagen: ich habe keine Bindung zu einer andern Frau. Ich werde Anfang nächster Woche aus Deutschland wegfahren.
Was wird aus *Hanne?* bert

Schreibe mir auf einem Blatt Papier Deine Wünsche auf.
Wie kann ich Hanne noch sehen, da ich Dir nicht jetzt begegnen möchte, auf keinen Fall. Es wäre gut, wenn Du – möglichst – freundlich wärst, in dem allem.

[Berlin, Anfang März 1926]

127

Liebe Marianne,
Bitte schreib mir, mit wem Du zusammen bist

bert

Ich danke Dir für die Fotos
Vor ich fortfahre, muß ich Hanne sehen. Ich danke Dir für das Anerbieten, sie mir zu schikken
Ich bin alles andere als unfreundlich zu Dir eingestellt, aber ich glaube nicht, daß eine Rückkehr von Dir möglich ist, und ich kann Dich nicht sehn
Ich bin erschrocken, daß Du nicht heiratest

[Berlin, Anfang März 1926?]

128

Liebe Marianne,
Deine Briefe sind das Ärmste, was ich je gelesen habe. Was kann ich für Dich machen? Ich bin ungeheuer verletzt, aber ich bin nicht bösartig, wenn ich Dich auch nicht begreife. Ich will Dir gern bei Deinem Neuengagement helfen, aber wenn es mit Deiner Lunge schlechter wird, oder vielleicht, wenn Du im Sommer nach Baden willst, nur eines: das mindeste, unbedingt Nötige, für das ich rein unegoistische, menschliche Gründe habe: gib Dein Kind weg von Münster! Du kannst es nach Wien geben, zu *Deinen* Eltern, aber tu es von Münster weg, laß sie nicht alles miterleben, ruinier sie nicht, liefre sie nicht dem

Burschen aus, oder wenn Du ihn jetzt plötzlich für gut hältst, denk, daß schon alles, was mit *Dir* vorgeht, für sie entsetzlich sein *muß!* Mir ist jeder halbe Tag so wichtig wie ein Jahr von mir selber, also schick sie gleich, *mit* der Angela, zuerst *hierher*, daß sie im Schlafwagen nach Wien kann, ich fahre dann mit, wenn nötig, hol ich sie in Münster ab, ich kann nur nicht vor Montag, weil ich Sonntag früh in Dresden lesen muß, und ich wollte, sie käme schon spätestens samstags hierher und führ Montag oder Dienstag weiter! Ich habe Deine Eltern schon gefragt, ob sie sie brauchen können, *ohne* Grundangabe! *Natürlich* zahle ich dies alles, die Fotografien machen mich krank. Du mußt das doch kennen, Du stehst doch ebenso zu ihr, nicht? Wir sind doch in grauester Zeit, in Lankwitz nachtaus bei ihr gesessen und das war nicht *halb* so gefährlich! Denke doch, wie zart und aufmerksam und leicht verderbbar Kinder sind! Erinner Dich an das schreckliche »Umtreibi, Onki« und ihr Gesicht dabei und wie in acht Tagen alles anders war und ihre Augen wieder klar! Ich glaube schon, liebe Marianne, daß du jetzt verhetzt und ein wenig blind bist und vielleicht sonst irgendwas Gutes von dem Mann hast oder kennst, aber versuch nüchtern und hart an die wirklichen Dinge zu denken und daß *Du selber* Dir einen *Irrtum* in so was nie, nie, nie verzeihen würdest! – Wenn das Kind diese drei Monate weg ist, z.B. in Baden (ich würde dann auch hinkommen für einige Wochen), wird viel gebessert und sehr Schlimmes verhütet, und wenn der Katarrh nicht aufhört, nehme ich sie nach Italien mit, vielleicht mit Angela und Feuchtwangers!

Bitte schreib *sofort*, auf der Stelle, darüber und *wann* sie kommt, womöglich also Samstag!

bert

Esther wird hier aufpassen auf sie, sonst kommt niemand an sie heran, ich verspreche es.

[Berlin, Mitte März 1926]

*

Ostern fällt 1926 auf den 3. April. Vermutlich noch in diesem Monat bringt Marianne Zoff die Tochter Hanne zu ihren Eltern nach Baden bei Wien. In Berlin macht sie Zwischenstation.
Die Spielzeit 1925/26 in Münster ist am 15. Mai zu Ende.
Brecht fliegt am 29. Mai zur Premiere von *Leben Eduards des Zweiten von England* nach Köln; er trifft hier mit Marianne Zoff zusammen. Anschließend reist er mit Caspar Neher für einige Tage nach Paris. Im Juni ist Brecht in Augsburg und kehrt nach Aufenthalten in Wien (14.-26. Juli) und in Kochel Anfang August dorthin zurück.
In der Spielzeit 1926/27 ist Marianne Zoff in Recklinghausen engagiert.
Am 17. Juli 1927 wird das Songspiel *Mahagonny* von Brecht und Kurt Weill im Rahmen der »Deutschen Kammermusik« in Baden-Baden uraufgeführt.
Die Ehe von Brecht und Marianne Zoff wird am 22. November geschieden.

*

129

Liebe Marianne,
das ist ein eigentümlicher Brief, den Du mir da schreibst. Du drohst mir – ohne jede Veranlassung – mit den Gerichten. Das willst Du wohl jetzt die nächsten 20 Jahre so halten? – Was Geld für Hanne betrifft, so schreibe mir bitte, wo Du wohnst und wie. Solltest Du nicht vollständig allein wohnen oder mir keine Sicherheit geben können, daß Hanne mit Herrn Lingen nicht zusammenlebt, dann verlange ich, daß Hanne nach Wien oder hierher kommt. *Selbstverständlich* werde ich für Hanne immer sorgen, aber Du kannst mir nicht verbieten, auch Sorgen ihretwegen zu haben. Ich habe Dich gebeten, sie nach Baden zu bringen, und Du hast nicht einmal geantwortet. Ich weiß nicht einmal, ob ich sie überhaupt besuchen kann, ohne die schlimmsten Peinlichkeiten zu erleben.

bert

[Berlin, Ende März 1926]

130

Liebe Marianne,
ich danke Dir für Deinen Brief; ich hatte ziemlich Katarrh, Husten und etwas Fieber, aber es ist wieder weg jetzt. Merkwürdigerweise glaubst Du wohl immer noch, daß ich so gegen Dich bin, weil Du mir untreu geworden warst. Aber das ist nicht wahr, wirklich nicht. Aber Du hast erreicht, daß jetzt seit vielen Wochen Hanne in Gesellschaft

eines Menschen ist, der mir verhaßt und verdächtig ist und mit dem Du schläfst und also in einer Beziehung stehst, die keine Atmosphäre für ein kleines Mädchen schafft. Denke Dir, wenn Deine Mutter das getan hätte! Und Du hast erreicht, daß ich anfange, *ungern an Hanne zu denken*, wie wenn ich sie unbedingt vergessen müßte, weil sie nicht mehr da ist, so wie sie war und jeden Tag anders wird, und ich weiß nicht, wie. Hanne *ist* für mich eine große Sache und Du willst, daß sie es *war*, und da ich sie nicht vergessen *kann* und immer an ihr hängen werde, wie immer sie wird, wird sie bald nur mehr ein Kummer für mich sein, wenn Du so weitermachst. Sie ist jetzt ein Vierteljahr von einem minderwertigen Menschen erzogen worden. Ich beschäftige mich manisch damit und Du weißt, wie es ist, wenn ich etwas in den Kopf kriege und es mir beweise. Sie hat nicht mehr das Gesicht von vorher. Ich bin verzweifelt darüber. Ich will Dich nicht mit ihr zusammen sehen.
Sie kann mit Angela bei mir oben wohnen drei – vier Tage, ich habe ihre Bettstelle aufgeschlagen, sie wird es sehr gut haben. (Sie wird auch im Freien gefilmt werden, ohne künstliches Licht, ein ganzer Einakter, nur was sie selber macht), dann kann sie mit Angela nach Wien.
Sei nicht böse

bert

Sie soll gleich kommen, telegrafiere mir
Ich schicke Dir das Fahrgeld, wenn Du mir nachher schreibst wieviel, nach Münster, oder wenn Du es nicht zum Auslegen hast, telegrafiere!
Es soll schnell gehen. Ich fahr auch bald hier weg,

dann kann ich über Münster kommen, wenn Du willst.

[Berlin, Ende März/April 1926]

131

Immer noch sitzt der Bursche mit Hanne zusammen! Bist Du irrsinnig, mich so gegen Dich aufzubringen? Du kannst leben, mit wem Du willst. Nur mit mir nicht mehr. Nie mehr. Aber ich werde jetzt *gerichtlich* verhindern, daß Du den Aufenthalt Hannes je wieder bestimmen kannst. Sie wird im Sommer in Wien sein, oder wenn Lingen dort auftaucht, in Augsburg. Dich will ich weder sehen, noch wieder an Dich denken müssen. Ich habe nichts mehr für Dich.

b

[Berlin, März/April 1926]

132

Daß du immer weiter mein Kind in der Hand dieses Menschen läßt und weißt, wie mich das treffen muß, ist so ungeheuer, daß ich nie mehr mit Dir etwas zu tun haben will und gegen Dich alles tun werde, was ich kann, wo Du hinkommst und was Du unternimmst. Diese bösartige niedere Frechheit, bei der es Dir ganz gleich ist, wie sie Deinem Kind schadet, macht, daß ich jetzt jede Stunde bereue, die ich mit Dir sein mußte, und nicht mehr begreife, daß ich Dir ein Kind machte. Es wird Dir übel gehen, Marianne.

[Berlin, März/April 1926]

133

Jeden Tag, den Du Hanne in der Hand dieses Burschen läßt, rechne ich als ein Jahr und ich werde es Dir abzahlen. Es sind schon viele Jahre.

bert

[Berlin, März/April 1926]

134

Liebe Marianne,
ich habe also die Scheidungsklage eingeleitet
Es kommt darauf an, wie Du Dich verhältst, ob es kompliziert und teuer wird und lang dauert oder nicht. Ich will es Dir möglichst nüchtern schildern, wie die Lage ist
Du kannst gegenklagen auf *beider*seitiges Verschulden. Aber dann muß ich durch Zeugen (was ich kann) beweisen, daß Du einverstanden warst (Du hast es zu Otto gesagt) und daß Du es lang wußtest, ohne zu klagen. Und wenn Dir das Kind zugesprochen wird, muß ich die Weihnachtsgeschichte aufrollen und da mußt Du schwören, was Du gesehen hast (daß die Hanne meinen Kopf zurecht rückte ebenso die Hand und mich dabei Onki nannte), und diese Prozesse würde ich immerfort wiederholen müssen, indem ich immerfort nachweisen müßte, daß das Kind in unrechter Gesellschaft ist, wenn ein Liebhaber von Dir es erzieht. Außerdem müßte ich, wenn Du die Hanne mir so für alle Zeit wegnimmst und ich nichts machen kann, wenn sie nach meiner Ansicht und Furcht von Theater zu Theater geschleift, in der

Gesellschaft von Onkis verdirbt, frühreif und mißbraucht wird, alles tun, um sie zu vergessen, um nicht an diesem Gedanken einfach kaputtzugehen, denn Du weißt, daß ich an ihr am meisten hänge von allem, was es gibt
Wenn Du mir Rechte auf sie gibst, behältst Du sie natürlich, wie ich Dir (selbst im Zorn) immer zugegeben habe. Ich werde für sie sorgen und Du wirst sie um Dich haben und ich werde nur ein Einspruchsrecht haben, was ihre Gesellschaft betrifft. Ich werde Dir nichts vorschreiben, aber Du mußt ja auch nicht Männer, mit denen Du gehst, zu Hanne bringen. Du mußt mit wenig Nachdenken einsehen, daß ich jetzt, nachdem ich gesehen habe, wie leicht ein Mann, der mit Dir schläft, Dir Sand in die Augen streuen kann, meine Augen für das Kind offen halte und Dir darin helfe.
Liebe Marianne, ich nehme sie Dir nie weg. Ich werde niemals so verbrecherisch sein, mit ihr herumzuexperimentieren oder sie zu schädigen, nur um Dich tyrannisieren zu können
Es ist ein Opfer von Dir, mir das juristische Recht über Hanne zu lassen, aber ich mißbrauche es nicht Hannes wegen und der guten Tage
Auch wenn wir uns bis auf den Tod verfeinden, wenn Du mir alles Recht auf das Kind würdest nehmen wollen und ich es *doch* bekäme, würde ich es Dir lassen, *weil es für Hanne gut ist*
Ich will, daß Hanne mein einziges rechtmäßiges und mir zugehöriges Kind ist und bleibt. Sie trägt meinen Namen und sie erbt, was ich habe. Sie muß wissen, daß ich ihr Vater bin und für sie sorge und über sie bestimme
Ich werde sie Dir geben wie in der Ehe, aber wie

in der Ehe werde ich die Entscheidung haben über die wichtigsten Dinge
Mit einem gerissenen Rechtsanwalt kannst Du alles hinausziehen, wenn Du ihm genügend Geld zahlst, und natürlich wird er Dir sagen, Du gewinnst, aber selbst wenn Du gewinnst, wird es falsch sein und Kummer und Zank geben und ich werde Hanne verlieren, aber sie wird auch mich verlieren, und wenn es Euch schlecht geht, werde ich nicht da sein für Dich und Hanne wird ein Kind werden, für das ich zu zahlen habe, aber sonst hat es mich nichts anzugehen. Ich habe Furcht, daß Du es wieder so machen wollen könntest wie vor Jahren, als Du mir ein Kind wegstehlen wolltst, aber es ging nicht... Wenn Du mit mir einverstanden bist, werde ich Dir hier einen Vertreter nehmen, daß es einfacher und leichter geht, und Du mußt ihm Instruktion geben, ich warte sehr auf Deine Antwort

bert

Wann wird sie *endlich* nach Österreich können?!

[Berlin, April 1926]

135

Als ich das Päckchen bekam und dann Deinen Brief, wollte ich, wie Otto bezeugen kann (und wie Du aus meinen ersten Briefen und Telegramm siehst), alles leicht für Dich machen. Ich führte Verhandlungen mit Reinhardt, wegen einer Revue für den Winter (Pallenberg und Massary), wo Du auftreten können solltest, meine einzige Bedingung. Ich wollte Dir eine Wohnung verschaffen usw. (obwohl ich mich scheiden lassen wollte, wie ausgemacht) – aber dann wartete ich auf Nachricht, *wer* es sei. Ich sagte Otto, ich will, wenn sie schreibt, Lingen ist es *nicht*, nicht weiter fragen, dann ist es mir gleich, aber der kann *es nicht* sein, sonst Krieg bis aufs Messer, Hannes wegen; und dann war es Lingen. Nun ist es mir gleich, mit wem Du es machst, ich bedaure Dich und verachte Dich, daß es dieser ist – Hannes wegen. (Unter umtreibi hat Hanne immer etwas ganz anderes verstanden, Deine Eltern werden es gern bezeugen – aber Du selbst wirst ja zu schwören haben, was Du sahst und sagtest.) Aber auch jetzt, immer noch nicht, obwohl Du bewiesen hast, daß Du unfähig bist, Dein Kind zu schützen, will ich Dir Hanne wegnehmen und auch ich, hörst Du, auch ich würde lachen, wenn Dich einer eine wissentlich schlechte Mutter nennte! Du bist wunderbar zu Hanne gewesen, da hast Du es schwarz auf weiß. Noch einmal: ich habe es auch im Zorn nicht anders gesagt. Jetzt mußt Du geisteskrank geworden sein, oder anderswie. Was ich will, ist, ein Recht haben, Hanne vor solchem Umgang zu schützen; was immer Du tust und mit wem Du zusammen bist, Marianne, ich werde Dir Hanne lassen und Dir nichts dreinreden, wenn es *Hanne* nicht schädigt; Du kannst das doch nicht für *schlecht* halten von mir; ich will Dich nicht einmal mit Lingen auseinanderbringen, nur soll Hanne weg, wenn er gerade da ist oder umgekehrt. Das muß sich doch machen lassen. Ich bin ungeheuer unruhig, wenn ich denke, daß jetzt, wo

Du im Krankenhaus bist, der Bursch bei dem Kind ist. Das mußt Du doch verstehen!
14 Tage sind viel zu lang. Ich hole Hanne im Auto, und zwar im geschlossenen, sie kann liegen, es ist Bings Auto und er fährt auch selber. Es kann ihr nichts geschehen und von hier aus kommt sie nach Wien, Deine Eltern sind einverstanden. Ich will Dich nicht sehen, Du bist nicht gut zu sehen für mich, *ich* verzeihe Dir den Burschen nie, ich weiß es, ich erinnere mich, wie Du plötzlich *sahst*, was Du mit Hanne gemacht hattest, und Du ganz klar sahst, ich mußte Dich doch gar nicht überreden, Du sahst doch selber, laß Dir jetzt doch nichts weismachen, erinnere Dich doch einfach! Und dann, Du hattest bei Hanne geschworen, ihn nicht mehr zuzulassen, bedenke doch, Du hast doch nie gewagt, bei Hanne etwas zu versprechen und dann es zu brechen, das kannst Du doch nicht ablügen vor Dir! Es ist Dir nicht gut gegangen in fünf Jahren, aber jetzt wird es Dir schlecht gehen und das soll es. Ich kann Dir nicht sagen, was ich davon halte!
Schreibe mir, wann in dieser Woche ich Hanne holen kann!

bert

[Berlin, April 1926]

136

Liebe Marianne,
es ist schlechte Klasse, daß Du keine Privatperson mehr bist und ich von jetzt ab nur mehr an *zwei* Leute schreiben kann, auch über mein Kind. Lingen hat mir einen frechen und dummen Brief ge-

schrieben. Willst Du wirklich jetzt mit diesem *zehn* Jahre jüngeren Komiker herumziehen, ein Künstlerpärchen? Und mein Kind herumschleifen durch die ganze Provinz? Er schreibt hauptsächlich darüber, daß ich Geld schicken soll. Außerdem scheint er nicht zu wollen, daß das Kind um mich ist. Schämst Du Dich nicht? Schämst Du Dich nicht? Soll die Hanne diese Briefe lesen, die Deinen und diesen? Bist Du krank geworden plötzlich? Denk doch nach, fünf Minuten lang, riegle Dich ein dazu und denk nach.

brecht

[Berlin, April 1926]

137

Es ist beschämend, daß Du nicht einmal so viel Interesse übrigbehalten hast als für Dein Kind nötig ist: mir ab und zu ihretwegen und in ihrer Sache einen Brief zu verfassen!
Ich habe Dich gebeten, mir mitzuteilen, wann Hanne transportfähig ist, d.h. kein Fieber hat. Ich kann nicht nach Münster kommen, ich will Dich nicht sehen, solang Du mit diesem Schlafburschen zusammen bist. Aber ich kann *überhaupt* nicht mehr ohne Widerwillen an Dich denken.
Deine Eltern haben mir geantwortet, daß Hanne sofort kommen kann. Ich will sie also spätestens Mitte nächster Woche selber nach Wien bringen. Sie kann von Berlin aus direkt im Schlafwagen fahren.
Mein Entschluß, Hanne nach Wien zu bringen, ist ein letztes Entgegenkommen an Dich. Wenn Du ihn sabotierst, nehme ich sie Dir überhaupt weg.

Der Brief des Lingen zeigt, daß Du die Unverfrorenheit (oder Besinnungslosigkeit) hast, mein Kind ausgerechnet von diesem jungen Herrn erziehen zu lassen. Sie soll wohl von Schmiere zu Schmiere ziehen und das Umtreibi lernen bei Euch.
Aber man hat mir bei Gericht gesagt, daß Dir das nicht durchgehen wird.

[Berlin, April 1926]

138

Liebe Marianne,
ich erwarte Euch Donnerstag. Selbstverständlich fährst Du nur, wenn Du es kannst, ohne krank zu werden
Aber, warum willst Du nach Wien? Wenn Angela hier von mir in ein Schlafwagenabteil zweiter Klasse gesetzt wird, kann sie mit Hanne zu Bett gehen und Dein Vater holt sie aus diesem Abteil in Wien heraus. Das ist viel billiger und ebenso sicher als eine Nacht in Münster
Wenn Du selber nicht fahren kannst, kann ich Hanne abholen etwa in Hannover, außerdem denke ich, daß Du, wenn Du nach Wien mitten in der Saison fährst, keine Gage bekommst, und ich bin darauf nicht vorbereitet
Ich gebe mir Mühe, Dir ruhig und freundlich zu schreiben (und Hanne soll gewiß nichts merken), aber ich fürchte, Du weißt immer noch nicht ganz, was ich gegen Dich habe. Denn sonst hättest Du mir vor Wochen schon mitgeteilt, daß mein Kind mit Lingen nicht mehr zusammenkommt, und ich

hätte es leichter gehabt. Es ist ungeheuer, was Du angerichtet hast, indem Du mich wochenlang kaltblütig und ohne Scham wissen ließest, daß mein Kind in den Händen eines Menschen ist, der ihm nach meiner Ansicht, die doch nicht anders sein kann (denn ich habe nicht mit ihm geschlafen), schaden mußte, so daß ich jetzt das Kind fast mit Mißtrauen betrachten muß und nicht mehr den festen Glauben habe, daß ich für das Kind das gleiche bin wie immer bisher. Ein Kind in dem Alter nimmt alles an und ich werde jetzt, ob ich will oder nicht, nach fremden und häßlichen Zügen suchen. Es ist ungeheuer
Hast Du keinen Instinkt mehr? Du hast wohl alles verausgabt? Ich bin kein schlechter Mensch, aber was bist Du? Alles das paßt gar nicht zu Dir, es muß schrecklich sein, wenn Du aufwachst. Du hast mir doch immer das Kind wertvoll gemacht und es mit mir verbunden, so fest du konntest, und gewußt, wie wichtig das ist, und Du hast doch gesehen, daß sie mich mochte und es gut für sie war, mit mir zusammenzusein (noch an Weihnachten wurde sie doch, wie Du selber fandest, ganz anders in acht Tagen und jetzt läßt Du sie mit Deinem Liebhaber herumschmieren), Du hast doch erreicht, daß kein anderes Kind neben ihr für mich mehr in Frage kommt, auch nicht, wenn sie mir jetzt ganz genommen würde und ich sie durchstreichen müßte, was doch beinahe unmöglich ist, nicht? Warum willst Du sie mir verekeln, das ist doch keine Rache, von einer Mutter ist das doch nicht richtig und aus Schlamperei, das ist doch verbrecherisch. Alles das mußt Du doch einmal verantworten vor ihr. Es ist, wie wenn ich Dich in ein Zimmer sperre und nebenan ist die

Hanne mit irgendeinem Burschen und Du glaubst, daß er ihr was tut, und ich sage nur immer: ich glaub es nicht, die Qual ist doch für Dich ebensogroß, das mußt Du Dir doch vorstellen können. Ich wollte sie sofort im Auto wegholen, aber da schreibst Du, sie ist krank. Das ist alles ganz und gar unmenschlich und fahrlässig und wurschtig und es kann Dir nicht schlecht genug ergehen von jetzt ab, ich bitte Dich, mir sogleich zu schreiben über die Wiener Reise. Ich möchte auf keinen Fall, daß Du dadurch mit dem Theater verkrachst, denn Du wirst auf Verdienen angewiesen sein

bert

Die Sachen für Hanne möchte ich selber kaufen. Ich bitte Dich, alles, was ihr von Onkeln gekauft wurde (Lingen schrieb irgendwas in der Richtung), in Münster zu lassen. Außerdem sage der Hanne nicht, daß sie nicht von Lingen sprechen solle, sonst merkt sie was, ich werde es eben schlucken
Ich habe an Frau Köhnen zwei Briefe geschrieben, sie solle Lingen das Haus verbieten; es ist mir schrecklich, aber es ist das einzige Mittel.

[Berlin, April 1926]

139

Liebe Marianne,
ich bin sehr froh, daß Hanne gut nach Wien gekommen ist, Dein Vater telegrafierte auch *mir*, sogar: (*sehr* gut angekommen). Bitte, schicke mir

doch *alle* Briefe von Deinen Eltern über Hanne zu, ich muß sie doch *auch* lesen. Ich freue mich jetzt, daß Du hier warst, was ich zuerst doch nicht wollte. Liebe Marianne, glaube nicht, daß ich irgendwas wegen einer andern Frau tue. Ich habe keine Verpflichtung. Ich denke mir, daß es gut für Dich ist, wenn die Scheidung nicht bekannt wird, und ich werde also nichts darüber sagen oder sogar: daß wir *nicht* geschieden sind. Es darf aber dann, wie ausgemacht, nicht das Gerücht entstehen können, Du hättest ein Verhältnis mit einem Mann! Das mußt Du verstehen. Jetzt verhandle ich immer noch wegen eines Romans mit Ullstein, es ist noch nichts heraußen. Aber was ich Dir versprach, kann ich halten. Im Notfall kannst Du nach Wien oder, wenn ich das Geld habe, natürlich, und mir viel lieber, nach Berlin. Montag gehe ich zu Diamant, ich bin angemeldet. Diese Woche hatte ich Kopfweh und leichte Grippe und wenig Geld. Ob der Zettel nötig ist, muß ich noch einmal fragen. Du wirst nichts bereuen, was Du tust, indem Du mir vertraust. Ich will mich wirklich scheiden lassen, denn diese Ehe hast Du kaputt gemacht, oder, wenn Du willst, ich auch, aber ich fange auch wirklich wieder an, Dich anders anzusehen, *und das ist sehr wichtig*. Bitte, schreib mir auch über Dich selber öfters. Wann spielst Du? Was? Wie geht es Dir gesundheitlich? Wie sonst? Mache nicht zu viel Fehler, verdirb Dich nicht, Marianne, in den acht Wochen, bis Du wieder bei Hanne bist! Halt Dich wirklich frisch! Und daß Du sprechen lernst, ist sehr gut. Bitte, schreib mir und schick auch die Briefe über die geliebte Hanne!

bert

Bitte, wenn Du kannst, rede nichts über uns beide mit andern!
O. C. Recht ist hier und plant »größere Kombinationen«. Er ist schlecht auf Wien zu sprechen, wo er »Verluste erlitten habe«. Er fängt frisch an, mit einem Branchentelefonbuch bewaffnet! Ich habe ihn zweimal getroffen. Natürlich weiß er nichts über uns.

[Berlin, Ende April/Anfang Mai 1926]

140

Liebe Marianne,
bitte schreib *sogleich* an Deinen Rechtsanwalt, Du bätest ihn, Deine Vertretung niederzulegen, da Du Dich mit mir geeinigt hättest. (Er hat von mir einen einklagbaren Vorschuß von der dreimaligen Höhe des tariflichen verlangt!!!) Und schreibe mir auf einen Zettel: ich bevollmächtige Herrn Rechtsanwalt (freie Stelle lassen!) --- mit der Führung meines Ehescheidungsprozesses. Marianne Brecht. (Datum.) Du mußt es bitte sogleich machen, sonst habe ich große Kosten für nichts!!! Ich schickte bisher nur 100 M, die 50 schick ich am 15. oder bringe sie selber!
Küsse Hanne von mir

Euer
bert

[Berlin, April/Mai 1926?]

141 (Postkarte)

Liebe Marianne,
ich habe den Film von Hanne gesehen (Dich noch nicht, erst die erste Hälfte!), er ist wunderbar, daß ich Dir extra schreiben muß. Sie ist wunderbar schön, einmal wie eine kleine Kerze und sie hat ungeheure Augen! Es ist etwas für Lebenszeiten, sie bewegt sich so natürlich und anmutig und lebendig!
Ich freue mich sehr darüber (über den Film), und wenn wir uns wieder treffen, bringe ich ihn mit

Gruß
bert

[Poststempel:]
Berlin, Wilmersdorf, 1. Mai 1926

142 (Postkarte)

Liebe Marianne,
bin Samstag in Köln, wo ich am Stadttheater eine Aufführung von »Eduard II.« habe. Ich fahre wahrscheinlich im Flugzeug hin. Ich weiß nicht, ob es weit von Münster ist oder nicht; wenn es *nicht* weit ist, kannst Du vielleicht hinkommen, wenn Du Lust hast. Wir könnten vielleicht über allerlei reden. Von Köln aus fahre ich auf acht Tage nach Paris.

Gruß
bert

[Poststempel:]
Berlin-Wilmersdorf, 26. Mai 1926

143

Liebe Marianne,
ich höre, bevor ich anderes hier, nach meiner Rückkehr von Paris, hörte, von Deiner Aussprache mit Otto und daß du beir Weigel warst (über letzteres weiß ich gar nichts). Ich höre, Du denkst, ich wolle die Weigel heiraten, und es liegt mir daran, Dir mitzuteilen, daß ich das *nicht* will. Ich habe nicht vor, ein anderes Kind der Hanne gleichzusetzen, das weißt Du. Aber ich hoffe, daß Du das halten willst, was wir ausgemacht haben. Ich bin froh, daß wir in Köln zusammen waren, und ich glaube, Du weißt, daß dies viel ausgemacht hat und ich, lieber als sonst was, möchte, wir stünden wieder besser zueinander. Und ich glaube, wir stehen schon jetzt wieder besser und man darf das nicht vernichten, sondern man muß zuwarten. Ich habe Dir Dinge gesagt, von denen ich nicht mehr geglaubt habe, daß ich sie Dir jemals noch sagen könnte. Aber es wäre ein großes und schlimmes Unrecht, wenn Du aus Köln eine trübe Rechtshandhabe machen wolltest, um mir wie einem Feind das Kind wieder aus der Hand zu reißen. Liebe Marianne, tu es, bitte, nicht! Laß es gehen, wie es gehen muß und wie es besprochen ist, und es wird gut sein und wir werden Freunde sein und dann kann es noch besser werden, das weißt Du. *Es wird Dir kein Unrecht geschehen*, ich weiß, daß Deine Lage nicht gut ist, und ich nütze sie nicht aus, verlaß Dich drauf. Ich freue mich, Dich im Sommer in Wien zu sehen, mach jetzt nichts, das zu zerstören. Wenn Du mir die Hanne nimmst, können wir nie mehr »gut werden«. Es wäre wichtig, daß Du dies glauben wolltest und

nicht *wieder* zu optimistisch denkst; ich *kann* mir nicht denken, Du *willst* alle Brücken zwischen uns abreißen und auch zwischen mir und Hanne. Ich lieb kein Kind außer Hanne. Bitte schreib mir und sei *ein*mal ganz ruhig und gebe mir Kredit, daß ich Dich nicht um Dein Kind betrüge, Du verpflichtest mich dadurch mehr als durch alles andere. Ich bin sehr unruhig.

bert

Augsburg, [Anfang/Mitte Juni 1926]

144

Obwohl ich verzweifelt bin über Dich und mehr verzweifelt als zornig, folgendes:
1) Hanne wird nichts geschehen, sie wird bei Dir bleiben, weil es gut für sie ist.
2) Ich werde entweder rechtlich um sie kämpfen bis zum Ende – *oder sie aufgeben.*
3) Ich werde nicht versuchen, sie zu besuchen, daß sie nicht beunruhigt wird.
4) Du wirst von mir nichts erhalten. Die Decke schickst Du zurück, das ist Diebstahl.
5) Ich will Dich nicht mehr sehen, aber Deine letzte Chance ist, Dich bei mir persönlich innerhalb von 14 Tagen zu entschuldigen und zu hören, was Du zu tun hast – denn ich bin Dir, anders wie Du, immer noch gut gesinnt.

brecht

Du weißt, daß Du mit allem mich dazu treibst, entweder das Kind zu schädigen durch Herumziehen oder, es zu vergessen wie Dich?!?

Eben hatte ich diesen Brief geschrieben, da gibt Papa mir den Deinen. Ich bin wie vor den Kopf geschlagen.
Ich erfuhr daraus, daß Du bei Ullstein ohne Berechtigung – denn wir leben in Scheidung – hundert Mark genommen hast. Daß Du 2. meine Wohnung ausgeraubt hast. Das Bett »von Dir« und Hannes Bettchen habe *ich* gekauft, mit meinem Geld, wie die Hälfte aller Wäsche auch. Aber – bitte!
3. Du hast meinen Vater aufgehetzt – ohne Erfolg, um mir den Aufenthalt hier unmöglich zu machen. Mit Klatsch.
4. Du nimmst Hanne ihren Vater!
5. Du benützt Köln, wo ich nichts wollte und nett zu Dir war, um Vorteile materieller Art herauszuschlagen.
6. Durch das Hereinziehen meines Vaters und die Benachrichtigung Deiner Eltern machst Du ein Wiederzusammenkommen von uns wissentlich unmöglich und *willst also nicht mehr.*

Ich bin Wahnsinnsanfälle von Dir gewohnt und werde Dir, um Dir für alle Zeit Dein Unrecht zu lassen, die Lügen zeigen, die in Deinem Brief sind.
1) Ich habe *1500* M für ein Auto entliehen, Otto und Weigel haben es gekauft, auf den Namen der Weigel, da ich nicht da bin, es gehört mir, d.h. ich verkaufe es wieder, da ich die 1500 M nicht zurückzahlen könnte, wie ich geglaubt habe. Dieses Geld (1500 M) habe ich also nicht etwa in Form eines Autos der Weigel geschenkt!
2) Die Hanne soll Dir *nicht* weggenommen werden. Nicht einmal jetzt, wo Du Dich gemeiner ge-

gen mich benimmst wie je ein Mensch! Ich halte mich an mein Versprechen, jetzt, wo wir Todfeinde sind.
3) Aber Helene Weigel, mit der ich sehr befreundet bin, wird von mir kein Kind bekommen, auch wenn Geld genug da wäre. Es wurde auch nie darüber gesprochen. Ich wünsche kein Kind mehr.
4) Ich habe Dich in keine Falle gelockt und auch jetzt noch wollte ich alles offen lassen und ich bin von Köln in einer guten Stimmung weggefahren und wollte alles überdenken und es sollte Dir nicht Unrecht geschehen.

[Augsburg, Anfang/Mitte Juni 1926]

145

Liebe Marianne,
ich habe nachgedacht und kann mir jetzt nicht mehr denken, daß Du den niederträchtigen Brief an meinen Vater einfach wegen des Klatsches geschrieben hast, den man Dir im Haus über mich oder Hesse aufgebunden hat. Hat Dir vielleicht die Weigel etwas gesagt, was Dich so in Angst um die Hanne brachte?? Glaube mir, dann verstünde ich sogar vielleicht Niedertracht, wenn man etwas gegen Hanne getan hätte, nach Deiner Meinung. Bitte schreibe darüber. Ich weiß nichts, was ich Dir getan haben könnte seit Köln oder die geringste Unehrlichkeit dort. Ich hätte es nicht nötig, auf Deinen Brief jemals noch einzugehen, wenn ich nicht glaubte, Du seiest irrsinnig und es sei wegen Hanne. 1) Die Weigel würde *niemals* Dein Kind bekommen. Hältst Du mich für so nied-

rig? 2) Sie *kann* das gar nie glauben oder geglaubt haben. Frage sie! Wenn sie es wollte, würde ich es ihr in der beleidigendsten Weise abschlagen. 3) (Obwohl es Dich nichts angeht – aber vielleicht meinst Du, es berührt die Hanne) sie bekommt von mir kein Kind, hat es nicht verlangt und nicht versprochen erhalten. Und nicht, weil sie es nicht wert wäre, sondern weil ich keines mehr will. Was noch? Warum machst Du solche Dinge? Ich habe bei Papa die Sache aplaniert. Du könntest ihm ja nicht mehr mit mir zusammen ins Gesicht sehen, Marianne! Ich sagte ihm, Du seist irrsinnig, des Kindes wegen. Ich warte jetzt, was Du tust, und wenn Du bei Deiner Haltung bleibst, die niederträchtig ist, wenn sie nicht einfach unglücklich ist, dann kann ich, wenn ich Dir Dein Kind nicht nehmen und es nicht zerreißen will, nur tun, was ich Dir geschrieben habe, auf Deine Verantwortung versuchen, es zu verwinden. Denn ich kann nicht jahrzehntelang in Hangen und Bangen darum zittern, wenn ich es nicht sehen und ihm nicht helfen kann. Aber es ist eine schreckliche Schuld von Dir dann. Ich warte bis zum 1. Juli.

Immer noch, immer wieder, trotzdem

bert

Und jetzt will ich Dir, mich erinnernd an die guten Zeiten und Dein gutes Gesicht von ehedem, noch einmal zugestehen, daß ich Dir die Hanne, weil Du eine gute Mutter gewesen bist, vor Dir dieses Eisenbahnunglück passierte, wodurch Du Dein Kind vielleicht auf Jahre schwer geschädigt hast, lassen möchte, so lang und viel ich kann, und in nichts etwas gegen Dich tun will bei ihr, auch später nicht, und ich Dir immer Geld geben will, wenn Du mit ihr zusammen sein willst, daß ich aber keine Woche mehr dulde, daß sie diesen Burschen sieht, und sie ganz wegnehme, wenn Du versuchen willst, ihn zu ihr zu lassen. Nicht nur, daß er mit ihr Dinge gemacht haben muß, die vor das Strafgesetz fallen, die Hanne hat, was Du selber sahst, eine erotische Einstellung zu ihm, die sie vollkommen verwirrt hat und die Du vielleicht nicht mehr siehst, weil Du die gleiche hast.

brecht

[Augsburg, Anfang/Mitte Juni 1926]

146

Das letzte:
Wenn Du nicht alles tust (und Du mußt wissen, was nötig ist), dann werde ich Euch vom 1. Juli 1926 ab vergessen.

bert

[Augsburg, Juni 1926]

147

Liebe Marianne,
am Sonntag abend ist hier die Aufführung des Musikfestes. Wenn Du *mit Hanne* herüberkommen kannst, würde ich mich freuen. Allerdings muß ich Montag wieder hier weg. Wenn Du aber nicht

gleich an zwei Tagen hintereinander reisen willst, kannst Du schon Samstag kommen.
Küsse Hanne

bert

Hotel Gunzenbachhof

[Baden-Baden, Mitte Juli 1927]

148

Liebe Marianne,
natürlich ist es mir sehr recht, wenn Du mit Hanne an die Adria gehst. Die 300 Mark sind aber ebenso natürlich nicht geliehen, sondern gehören der Hanne. Sobald es mir nur etwas besser geht finanziell, werde ich alles tun, ihr ein Konto anzulegen
Vielleicht komme ich auch nach Grado
Ich hoffe, das Bild im »Dickicht« hat Dir Freude gemacht, es hat allen Leuten gefallen, ich wundere mich nur, daß du nicht versuchst, hier unterzukommen

bert

Küsse Hanne!

[Mitte 1927?]

*

Aus der Zeit um 1927 stammt möglicherweise ein Text von Marianne Zoff über Brecht:

»Wenn ich etwas bitteres erfahre, denke ich immer, das ist das schlimmste und nie ist es das schlimmste. Immer kommt es noch ärger. Daß Bert Brecht ein Halbwahnsinniger, ein Halbnarr ist, ist schlimm. Noch schlimmer das Gerede der Leute, die sich anfangen darüber lustig zu machen. ›Er scheine nicht mehr viel anderes im Kopfe zu haben, als neue Bücher zu füllen, immer neue Weiber, nur nicht von einer zwei Kinder. Von jeder eines, das ist lustig.‹ Ich denke nur immer, was wird meine Tochter dazu sagen, wenn sie dies als erwachsenes Mädchen hören wird. Aber mein Gott, wie konnte ich wissen, daß ihm auch dieses Kind gleichgültig ist. Denn, du lieber Gott im Himmel, er tauscht ruhig mich und Hanne ein für ein neues Weib, neues Kind. Denn das muß er wissen, ja, das muß er wissen, daß ich nun gehe. Es wäre furchtbar für mich, wüßte er es nicht. Es wäre furchtbar, nun lieber Gott, gestern dankte ich dir noch für alles. Ich dankte dir, einen Weg, einen langen Weg lang. Immer dankte ich dir, denn ich dachte, es wird noch alles gut, und ich danke dir immer noch. Denn noch habe ich mein herrliches Kind. Aber jede Hoffnung ist nun für immer weg, denn nun bin ich hinunter gerutscht zu den andern, und so viel Demütigungen ich erfahren, ich war immer auf einer gewissen Höhe. Denn ich war die Frau und ich wollte noch Kinder. Und nun bin ich nichts mehr und ich habe keinen Halt mehr und mein ganzer Stolz stürzt zusammen. Aber soviel weiß ich, daß ich Tag und Nacht arbeiten werde, um nichts mehr nehmen zu müssen von einem Manne, der mir plötzlich fremder wurde als irgendeiner, von einem Narren, mit dem ich noch etwas Mitleid habe, denn sein Stern fängt an zu sinken. Er versagt, er fängt an abwärts zu gehen, und wie sein Tausch, so sein weiteres Leben. Seine Arbeiten werden nicht mehr viel sein, es wird ihm noch schlecht ergehen, trotzdem er sich für unverwundbar glaubt. Es fängt an mit ihm zu Ende zu gehn.

Lieber Gott, hast du mich dazu ausersehen, um alles Leid zu erfahren, dann sieh mein Gesicht an jetzt und an die letzte Nacht und noch viele solch ähnlicher Nächte und daß ich immer ›Hannepeter‹ vor mich hinsagte, einer Irrsinnigen gleich, denn ich konnte es nicht verstehen. Lieber Gott, sieh mein Gesicht an und laß es nun genug sein. Denn wie könnte ich dieses Leben dennoch aushalten ohne Irrsinn. Sei gut, ich bitte dich, wie ich dich noch nie gebeten habe, nicht um mich bitte ich dich, wegen meines armen kleinen Kindes willen, lieber Gott, lieber Gott.
Und nun, wo ich ruhiger bin, denke ich mir, wie merkwürdig es doch ist, daß ich nun zum ersten Mal, seit ich mit ihm gehe, den Glauben an ihn und den Glauben an sein Können nicht mehr habe, oder besser an sein weiteres Können. Ich fange an, meine Hand von ihm zu ziehn mit einem nassen Gesicht. Wenn er nichts mehr schreiben würde, das macht nichts aus. Es ist etwas anderes, etwas, was mir schrecklich dünkt, denn dann wäre alles falsch gewesen, alles eine falsche Vorstellung. Gott im Himmel, laß ein Wunder geschehn.«

Um 1935 schreibt Hanne Brecht an ihre Mutter:

»Liebe Mami!
Habe gestern Deinen Brief erhalten.
Ich war gestern mit Theo in Weimar.
Du wirst es ja schon wissen. Wir kamen ½ 2 in Weimar an und sind dann gleich in ein schönes Hotel gegangen und haben Mittag gegessen.
Dann sind wir gleich in das Schillerhaus gegangen und haben gesehen, wie er gelebt hat und wie er gestorben ist. Dann sind wir in das Goethe-Museum gegangen, wo es wirklich sehr schön war. Dann sind wir noch in die Fürstengruft gegangen, wo Goethe und Schiller im

Sarg einbalsamiert waren. Der Sarg war aber zu. Dann hat mir Theo ein paar Schuhe, einen Regenmantel, den ich für die Wanderungen brauche, gekauft. Und einen großen Rucksack auch für die Wanderungen. Nachher sind wir in das Café gegangen, wo ich Torte gegessen habe. Und dann sind wir noch von 7 Uhr abends bis 9 Uhr ins Kino gegangen. Es hieß: Das Mädchen Johanna mit Sallaker. Es war furchtbar traurig. Nachher haben wir aber noch mal Abendbrot gegessen und sind dann ins Bett gegangen, Gicki und ich schliefen zusammen. Am nächsten Morgen sind wir bis 9 Uhr im Bett gelegen und sind dann um zehn wieder nach Gebessee gefahren. Wo Theo noch beim Essen da blieb. Er hat mir dann die 5 Mark für den Kanarienvogel gegeben und noch welche für mich. So Schluß!

Grüße Omama!

Viele Bussis an Dich
von Deiner
Hanne«

Am 31. August 1928 wird in Berlin die *Dreigroschenoper* uraufgeführt. Brecht und Helene Weigel heiraten am 10. April 1929, am 18. Oktober 1930 wird ihr zweites Kind, die Tochter Barbara, geboren. 1933 gehen Brecht und Helene Weigel mit ihren Kindern Barbara und Stefan ins Exil, zunächst nach Skandinavien.
Im Herbst 1934 und im Frühjahr 1936 verbringt Brecht jeweils längere Zeit in London; auf einen dieser beiden Aufenthalte bezieht sich ein Brief Marianne Zoffs aus Wien:

»Lieber Bert,
Dein Brief hat mich sehr gefreut – ich wußte schon, daß Du in London bist. Aber wie soll ich mit Hanne zu Dir kommen, wenn ich Angst habe, man nimmt mir Hanne

weg, wenn ich wiederkomme. Es ist furchtbar – dabei wollen Hanne und ich Dich sehen. Du glaubst nicht, wie sehr wir uns danach sehnen. Hanne ist ein merkwürdiges Mädchen – sie hängt absolut an Dir – und ist so wunderbar gescheit und empfindet alles ganz von selbst richtig. Man muß nicht viel reden. Oft sitzen wir zusammen und überlegen, wie wir es machen sollen, Dich zu sehen. – Es gibt überhaupt nur eine Rettung für uns alle – wenn Theo endlich in London einen Film machen könnte. Er spricht sehr schön englisch und hätte dort bestimmt Erfolg. Bange wäre mir nicht um ihn, und man könnte endlich weg. Für die Kinder wäre es das beste. Mit der Kleinen kann ich nicht über alles reden. Sie kann noch nicht schweigen und das ist ein Unglück. Hier in Wien ist es immer sehr schön für mich – aber auch hier ist es traurig. Aber es ist meine Heimat und die Eltern sind da, sie lassen Dich sehr grüßen.
Man wird langsam alt und man kann Dich nie sehn. Und Hanne gleicht vollkommen Dir und wie Otto sagt, besonders Deiner Mutter. – Wir fahren heute wieder nach Berlin. Ich bin so froh, daß Du weißt, wenn ich nicht mit Hanne komme, so kann ich wirklich nicht. Auch mit Otto habe ich schon viel hin und her überlegt. Ob wir alle einfach nach London übersiedeln sollen? Wenn ich bloß wüßte, was man tun soll.
Lieber Bert, viele viele Grüße und Küsse von mir und Hanne. Wir haben Dich sehr lieb

Deine Marianne«

1941 geht Brecht mit der Familie in die USA. Ende Oktober/Anfang November 1945 nimmt er wieder brieflich Kontakt mit Marianne Zoff und Tochter Hanne auf.

*

149

Liebe Marianne und Hanne,
die Briefpost geht wieder, das ist schon etwas. Otto Zoff, den ich in New York traf, erzählte mir, Ihr wäret am Wolfgangsee, und gab mir eine schöne Fotografie von Hanne, die im Hause ein großer Erfolg war. Mit uns ist soweit alles in Ordnung, wir fuhren von Schweden nach Finnland, dann knapp vor dem hitlerischen Einfall in die USSR über Sibirien nach Los Angeles, und da hier Feuchtwanger, Kortner, Eisler usw. saßen und eine leichte Chance bestand, daß man an Hollywood etwas verkaufen konnte, blieben wir. Steff war ein halbes Jahr beim Militär und studiert jetzt weiter Chemie. Barbara spricht nur gebrochen deutsch, ist sonst aber gesund. Ich selber habe viel gearbeitet. Die Hauptsache wäre jetzt, Euch Pakete zu schicken. Es ist kein Paketpostbetrieb bis jetzt. Man darf nur an amerikanische Soldaten etwas schicken, wenn sie danach fragen. Kennt Ihr einen? – Wißt Ihr was von Walter? Müllereisert? Cas? Was ist mit Utting geschehen? Die »Dreigroschenoper« wird in Berlin gespielt, bei Martin, leider spielt nicht Lingen den M. Jhering hat mir geschrieben, ebenso Suhrkamp. Ich versuche, für Berlin ein Gastspiel zu arrangieren. In New York wird Charles Laughton (ich denke, Ihr habt »Privatleben Heinrichs VIII.« im Film gesehen) im Herbst die Hauptrolle in einem Stück von mir (»Galilei«) spielen. Aber wir wären gerne wieder bei Euch.

Auf Wiedersehen
b

1063 – 26th Street
Santa Monica
California USA

Liebe Hanne, wie ist das mit dem Tanzen? Und hast Du noch Fotos?

[Ende Oktober/Anfang November 1945]

*

Ein Jahr nach diesem Brief schreibt Brecht an seine Tochter (das Original ist stark beschädigt; Textverluste sind durch + gekennzeichnet):

*

150

Liebe Hanne,
vielen Dank für den Brief mit der Fotografie (aus einer Revue, wie es scheint); hast Du noch andere? Laß Dir doch vom Reiß-Verlag meine Stücke schicken, vor allem »Die heilige Johanna der Schlachthöfe«; vielleicht könntest Du die Traumerzählung aus den Schlachthöfen studieren? Noch was: könntest Du nicht nebenbei noch eine vernünftige fremde Sprache studieren? Das wäre wichtig.
Im Augenblick bin ich in New York, um mit Charles Laughton eine Aufführung eines Stückes (Galileis Leben) zu arrangieren. ++ ++ ++ Mühe, da es sich um ein 5000[0 $ Unt]ernehmen h[andelt] ++ ++ ++ ++ viele Rollen und Szenen für h+ +n Du mir ++ ++ ++ (aus dem Shakespeare, der dem ++berg, meinetw[egen] ++ ++ aufschreibst,

die ++ ++ ++, könnte ich ++ ++ vielleicht ein [neue]s Stück f[ür Dich] schreiben ++ ++ ++ hier.

Dein
b

Grüß Marianne und grüß Lingen. Von Marianne habe ich erst einen Brief bekommen, und ich schreibe ihr in den nächsten Tagen. Der Tod ihrer Mutter hat mich nicht nur Mariannes wegen betroffen, ich hatte sie gern.

N[ew] Y[ork] C[ity]
1. Nov[ember 19]46
(In drei Wochen bin ich wieder in Santa Monica zurück!)

*

Am 31. 10. 1947 verläßt Brecht die USA und fliegt von New York zunächst nach Paris; er trifft hier Anna Seghers. Nach einer Woche reist er am 5. November mit dem Zug nach Zürich weiter.
Im Juli 1948 heiratet Hanne Brecht den Arzt Dr. Joachim Hiob-Sproessner.
Brechts Freundin und Mitarbeiterin, die dänische Schauspielerin Ruth Berlau hält sich im Juli/August 1948 im Auftrage Brechts zu Verhandlungen mit dem Verleger Kurt Desch in München auf. Am 17. Oktober reisen Brecht und Helene Weigel über Salzburg und Prag nach Berlin ab.

*

151

Liebe Hanne,
endlich bin ich also doch in Zürich eingelaufen. Erst fehlte mir Deine Adresse, da ich sehr schnell abreisen mußte (Helli kommt jetzt mit dem Schiff nach) und alle Aufzeichnungen zurückblieben. Jetzt habe ich durch das Schauspielhaus und Erich Kästner den Versuch in Gang gesetzt, Dich für sechs bis acht Wochen hierherzubekommen. Der offizielle Grund wird Vorsprechen am Schauspielhaus sein. Ich hoffe sehr, daß dies schnell glückt. Der Reiss-Verlag teilte mir am Telefon mit, Du seist gesundheitlich herunten; hoffentlich kannst Du fahren und ich kann Dich etwas herausfuttern.

Ich freu mich sehr
pappu

Zürich, Hotel Urban
November 1947

152

Zürich, Juli 1948

Liebe Hanne,
natürlich dürfen Privatgespräche nicht ermutigt werden, aber man sollte doch an keinem Prinzip eisern festhalten und so hättest Du, denke ich, Deinen Mann ruhig mit einigen Worten streifen können. Jedenfalls, da nun also alles aufgekommen ist: Glückwunsch! Daß er nichts hat, ist ja ein wenig enttäuschend, ich werde also nicht versorgt sein, nun, vielleicht kann er uns Arztrech-

nungen ersparen. Sobald der General Clay es erlaubt, werde ich ihn sehen und dann werde ich ihm alle die Ratschläge aufhängen, die zu geben ich mich als Dein Vater berechtigt fühlen darf. Er wird mir schon nicht gleich den Kopf abreißen!
Was die »Dreigroschenoper« betrifft, so habe ich sofort, als ich hörte, sie wollen sie in München aufführen, gedacht, dies könnte eine Gelegenheit geben, Dich auf der Bühne anzusehen, nachdem uns das in Chur nicht gelungen ist. Aber diese Kunstinstitute stellen ja sehr hohe Ansprüche, wenn sie auch selbst die niedrigsten sehr selten befriedigen. Wenn ich nicht da bin, wird es vielleicht für Dich leichter sein, eine kleinere Rolle zu spielen, wie wäre es mit der *Lucy?* Wenn man die oft weggelassene 8. Szene spielt (Titel »Kampf um das Eigentum«), wäre die Rolle, zusammen mit dem Eifersuchtsduett, nicht übel. Wenn es Dir einleuchtet, sollte Ruth darüber mit dem Theater sprechen. Und natürlich auch über Albers und Lingen (mit Albers traf ich hier sowieso ein Abkommen, daß er den Mackie Messer spielt).
Es kann jetzt nicht mehr zu lange dauern, bis ich kommen kann, so weiß ich nicht, ob es viel Sinn hat, noch einmal den monatelangen Weg zu beschreiten, Dich hierher zu bringen.

Und, wie gesagt, Glückwunsch!
Dein
Pappu

153

Liebe Hanne,
Ruth schreibt, er sei sehr nett und sehr dünn. Bei beidem bleibt es natürlich mitunter nicht, aber – wie Du meinst.
Die *Lucy* ist besser als die Jenny, d.h. wenn man eine gute Polly hat und die Szene »Kampf ums Eigentum« einlegt. Und den »Salomonsong« für sie reserviert. Aber ich kann Dich auch für die *Jenny* vorschlagen. Freilich wär's besser, ich wäre da.
Wir haben immer noch keine Papiere. Wenn ich mal groß bin, kriege ich vielleicht eins.

Gruß
p

[Feldmeilen bei Zürich, Juli/August 1948]

154

Liebe Hanne,
ich schrieb nicht über Reisepläne, weil ich Schwierigkeiten mit den Reisepapieren hatte und immer dachte, es regle sich bald. Jetzt ist es fraglich geworden, ob wir vor Ende August nach Berlin können. Vielleicht können wir für sechs Wochen nach Salzburg. Es ist scheußlich, daß ich so nicht viel für Dich in Berlin machen kann, derlei geht so schlecht schriftlich und Du müßtest dabei sein. Bitte, besprich mit Ruth, was geschehen soll, ob Du nach Österreich kannst im Sommer, ob Du nach Berlin kannst (und willst) schon jetzt, ob nach Zürich? Und vielleicht bringst Du Ruth mit

den Leuten vom Jungen Theater zusammen, wenn ich über sie dort was machen kann?

Pappu

[Feldmeilen bei Zürich, Juli/August 1948]

155

Liebe Hanne,
schreib mir, bitte, was die Untersuchung ergeben hat, das ist sehr wichtig, unterlaß da nichts. Und schreib mir, was *ich* tun kann. (Ich verstehe das Medizinische, so laß Dir vom Arzt einen medizinischen Bescheid für mich geben.) Es ist scheußlich, daß ich auf die Papiere so lange warten mußte – ich bekam sie erst jetzt eben – und so um viel später nach Berlin komme, als ich geplant hatte. Es wird Oktober werden. Dann werde ich dort mich auch für Dich umschauen, vielleicht kann ich Dich herholen nach Berlin, immer vorausgesetzt, Deine Gesundheit erlaubt es. Und wenn Du nicht »Dreigroschenoper«-Proben hast. Was die »Dreigroschenoper« anlangt, hattest Du vielleicht den Eindruck, ich war nicht genügend dahinter her. Nun habe ich ja Ruth gebeten, dem Theater zu sagen, sie täten mir einen Gefallen, wenn sie Dir eine gute Rolle (je nachdem was Du wolltest, Lucy oder Jenny) gäben. Ich wollte aber keinen übermäßigen Druck ausüben, 1) weil ich nicht wußte, ob ich selber bei Proben zugegen sein würde, 2) weil es Dir beim Theater schadet, wenn man erfährt, daß Druck ausgeübt wird, 3) weil ich Dich nicht habe spielen sehen und so nicht wissen kann, wie weit Du bist (darum hätte

ich gern gehabt, wenn Du hättest bleiben und in »Puntila« spielen können). Ich höre aber, daß Schweikart versprach, sich um Dich zu kümmern, so geht das wohl in Ordnung. Im ganzen ist leider zu sagen: man kann sich meine Möglichkeiten in Deutschland (wie es jetzt ist) nicht bescheiden genug vorstellen, Hanne.
Bitte, schreib mir, besonders über die Gesundheitsfrage.

Dein
P.

[Feldmeilen bei Zürich, Mitte/Ende September 1948]

*

An den Münchener Kammerspielen hat Brechts *Dreigroschenoper* in der Inszenierung von Harry Buckwitz am 27. April 1949 Premiere. Hanne Hiob ist darin nicht besetzt.

Brecht stirbt am 14. August 1956 in Berlin, Marianne Zoff stirbt am 22. November 1984 in Wien. – Hanne Hiob lebt in München und Berlin.

*

Editorische Notiz

Die vorliegende Ausgabe enthält, ergänzt durch einige kontextbezogene Beilagen, sämtliche Briefe, Postkarten, Telegramme, Billette Brechts an seine erste Ehefrau und die Tochter Hanne, soweit sie im Nachlaß Marianne Lingens, geb. Zoff, überliefert sind bzw. sich im Besitz von Hanne Hiob befinden. Sämtliche Texte, die hier bis auf wenige Ausnahmen erstveröffentlicht werden, sind ungekürzt wiedergegeben, jedoch unter Berücksichtigung spezifischer Eigenheiten den Regeln des Duden angeglichen. Die Normierung erstreckt sich – unter der Voraussetzung, daß sie keine andere Lesart zuläßt – in erster Linie auf grammatikalische und orthographische Flüchtigkeitsfehler, mundartlich bedingte, »phonetische« Schreibweisen (z.B. par, Preiss, eckelhaft), orthographische Archaismen (z.B. Manuscript, Thee) und Modernismen (z.B. Strofe, Karakter), die Groß- und Kleinschreibung, Getrennt- bzw. Zusammenschreibung (z.B. sodaß, wieder kehren), die Interpunktion sowie einzelne Laute (z.B. ae für ä, ss für ß, m̄ für mm). Unabhängig von der Textgrundlage sind Klammern jeder Art durch runde Klammern, Hervorhebungen (Sperrung, Unterstreichung u.ä.) durch Kursivierung, Titel von Werken, Zeitungen und Zeitschriften in Anführungszeichen wiedergegeben. Mundartgebundene Schreibweisen (z.B. beir, umso mehr) folgen der Vorlage. Bei einer Reihe maschinegeschriebener Briefe aus den Jahren 1923-1926 markiert Brecht unter weitgehendem Verzicht auf Interpunktionszeichen die Zäsur zwischen zwei Hauptsätzen durch doppelten oder dreifachen Leeranschlag, der im Druck als Punkt erscheint; die Binneninterpunktion ist sinngemäß ein-

gesetzt. Fehlende Punkte am Ende von Absätzen werden nicht ergänzt. Dagegen werden abgekürzte Namen und Ortsbezeichnungen (z.B. R. für Recht, W. für Wiesbaden) stillschweigend aufgelöst, wenn es der Kontext zweifelsfrei zuläßt.
Erschlossene Orts- und Zeitangaben erscheinen am Ende der Briefe in eckigen Klammern. Der Großteil der Briefe ist undatiert, liefert aber zumeist ausreichende Indizien für eine zeitliche Eingrenzung auf Monat und Jahr. Wo diese nicht möglich ist, bleibt der Schriftduktus einziges Datierungskriterium. Auf unsichere Datierungen verweist ein anschließendes Fragezeichen.

Die Zwischentexte und Anmerkungen geben Informationen zum biographischen Umfeld. Häufiger vorkommende Vornamen einschließlich ihrer Kose- und Kurzformen werden im Personenregister aufgelöst, dem auch knappe biographische Daten entnommen werden können, soweit sie für das unmittelbare Verständnis der Brieftexte wichtig sind.

G.G.

Anmerkungen

Hanne Hiob. Schweikart] Aufgezeichnet nach Erinnerungen des Schauspielers und Regisseurs Hans Schweikart.

1
1920/21?] Einziger Anhaltspunkt für die zeitliche Eingrenzung ist der Schriftduktus.

2
die Einakter] 1919 schreibt Brecht die Einakter *Die Hochzeit* (später: *Die Kleinbürgerhochzeit*), *Der Bettler und der tote Hund*, *Er treibt einen Teufel aus*, *Lux in tenebris*, *Der Fischzug* und *Prärie*.

3
Mit dem Arbeiten ... schon begonnen] Vermutlich die gemeinsame Arbeit mit Caspar Neher an dem Filmprojekt *Das Mysterium der Jamaika-Bar*.

4
Ottos Pension] Brechts Augsburger Freund Otto Müllereisert studiert in München.

5
Ende Mai/Anfang Juni 1921?] Der Brief ist vermutlich am Starnberger See geschrieben.

6
Detektivgeschichten] Brechts Lektüre von Detektivgeschichten ist mehrfach bezeugt (vgl. *Tagebücher 1920-1922*, Juli 1921).
amerikanische Tante] Gemeint ist Marie Zais, geb. Brecht, eine Schwester des Vaters (vgl. *Tagebücher 1920-1922*, 19. Juni 1921).
Augsburger Zimmer] Im Dachgeschoß des Elternhauses in der Bleichstraße 2.
R I] Konnte nicht ermittelt werden.
unten] Gemeint ist vermutlich Bad Reichenhall oder Berchtesgaden.

München, Pestalozzistr.] In der Pestalozzistraße ist Brecht vom 11. November 1920 bis zum 10. Juli 1922 bei Schneller gemeldet.

7
einen humoristischen Brief] Es könnte Brief 6 gemeint sein.
Besuch aus Amerika] Brechts Tante Marie Zais (vgl. Brief 6).

8
War es eine gute Fahrt?] Vermutlich bezieht sich die Frage auf den gemeinsamen Aufenthalt in Possenhofen (vgl. *Tagebücher*, Juli 1921).

10
des Embahubabaums] Vermutlich eine Eigenprägung Brechts, die er auch in einem Brief an Hanns Otto Münsterer vom Sommer 1920 benutzt.
Juli/Anfang August 1921?] Die Datierung des Briefes ist unsicher; Kontext und Schriftduktus deuten auf den Sommer 1921.

11
ein Bursche] Vermutlich Oskar Camillus Recht.

12
Augsburg, Mitte August 1921?] Die Datierung ist unsicher; die Erwähnung des Sommers und der Schriftduktus lassen vermuten, daß der Brief unmittelbar nach der Abreise Marianne Zoffs nach Wiesbaden geschrieben ist.

13
Singbudike] Anspielung auf Marianne Zoffs Engagement am Staatstheater Wiesbaden.
der rothaarige Gentleman] Vermutlich Oskar Camillus Recht.
Kurliste] Wiesbaden ist Kur- und Badestadt.
Pyramidon] Medikament zur Schmerzlinderung und gegen Fieber.

14
die Fleischhauerin] Vermutlich die Wiesbadener Wirtin Marianne Zoffs.
O. C. R.] Oskar Camillus Recht.

15
Film ... Photos] Möglicherweise besteht zu diesem Zeitpunkt die Chance, mit O.C. Rechts Hilfe eines der Filmprojekte Brechts zu verwirklichen. Bei den Fotos könnte es sich um Aufnahmen von erwogenen Drehorten handeln.
+++] Vermutlich als »äußerste« (plusplusplus) zu lesen.
Fossilien] Umschreibung für das konservative, »fossile« Augsburg.
die Rezensionen] Als Antrittsvorstellung in Wiesbaden singt Marianne Zoff am 24. August 1921 die Wellgunde in Richard Wagners Oper *Das Rheingold.*

16
ich harpfe] Harpfen: mundartlich für rutschen, klettern.
vor Wagner hilft] Marianne Zoff singt von August bis Oktober 1921 außer in *Rheingold* Partien in *Tannhäuser*, *Parsifal* und *Die Walküre.*
Filmsache ... Recht] Vgl. Anmerkung zu Brief 15.

19
Heigeis Salon] Die Wohnung von Otto Müllereisert (vgl. *Tagebücher 1920-1922*, 2. September 1921).
»Seemannslos«] Brecht setzt das weitverbreitete Lied (»Stürmisch die Nacht, und die See geht hoch ...«) z.B. in *Trommeln in der Nacht* und in *Im Dickicht* ein.
»Gebet einer Jungfrau«] Populäres Salonstück für Klavier von Thekla Badarczewska.
das Lied vom roten Sarafan] Russisches Volkslied (»Näh nicht, liebes Mütterlein, am roten Sarafan ...«).
Frank. Geschiebe ...] Vermutlich bei einem Besuch in Kimratshofen und im Hinblick auf Brechts bzw. Marianne Zoffs Pläne, Frank zumindest zeitweise zu sich zu nehmen; vgl. die Briefe 59, 60, 62.
in Deinem Haus] Das Wiesbadener Domizil von Marianne Zoff in der Moritzstraße.

20

die Orska ... Betracht] Die Schauspielerin Daisy Orska scheint Brecht für eines seiner Filmprojekte geeignet.
einen Mann, in Manhattan] 1924 plant Brecht eine Oper unter dem Titel *Mann aus Manhattan* (Fragment).
»Liebestod«] Brechts Gedicht *Die Ballade vom Liebestod* (vgl. *Tagebücher 1920-1922*, 29. August 1921).

22

die zwei Prozesse] Am 12. Januar 1921 erscheint zur Augsburger Inszenierung Brechts Rezension *Hebbels »Judith« im Stadttheater*. Er schreibt u. a.: »Wenn die Judith von Fräulein Eberle, wiewohl kalt, akademisch, hausbacken und im Menschlichen geradezu peinlich langweilig, doch nicht gerade der Lächerlichkeit verfiel, so steigerte Geffers die Lächerlichkeit seines Holofernes zur unerträglichen Qual für den Zuschauer. Der Eberle, die fleißig und keineswegs talentlos ist und hart arbeitet, sich auch durchaus ›entwickelt‹, fehlte (was ihr nicht gegeben ist) das erotische Fluidum, das Fleisch, die Besessenheit und ›der pathologische Einschlag‹, aber schließlich war ihr Spiel keine Dilettanterie.« Vera-Maria Eberle fühlt sich brüskiert und klagt. In der Gerichtsverhandlung vom 14. April 1921 kommt es zu einem Vergleich, bei dem sich Brecht bereit erklärt, die Kosten des Verfahrens zu tragen und die beleidigenden Ausdrücke zurückzunehmen. Als aber der Text des Vergleiches von drei Augsburger Zeitungen veröffentlicht wird, tritt Brecht mit einer Gegenerklärung von seiner Verpflichtung zurück. Der Anwalt der Gegenseite strengt daraufhin eine zusätzliche Beleidigungsklage an, die am 20. September verhandelt wird. Brecht wird wegen Beleidigung der Klägerin zu 100 Mark Geldstrafe oder 10 Tagen Haft, wegen Beleidigung ihres Anwalts zu 150 Mark Geldstrafe oder 15 Tagen Haft verurteilt.

24

Honorar des »Neuen Merkur«] Für *Bargan läßt es sein* im September-Heft der Zeitschrift.

25

mein Bruder vollführte einen Veitstanz] Vgl. auch *Tagebücher 1920-1922*, 30. September 1921.
Recht ... Photos] Vgl. Anmerkung zu Brief 15.

26
Plärrer] Zweimal jährlich stattfindendes Augsburger Volksfest (vgl. *Tagebücher 1920-1922*, 7. und 12. Oktober 1921).

27
Oktoberfest] Möglicherweise bezieht sich die Tagebucheintragung vom 7. Oktober, in der von einem Besuch des Oktoberfestes die Rede ist, auf einen Münchener Aufenthalt; dagegen spricht die Erwähnung der »Allee«, die in Brechts Sprachgebrauch die Augsburger Kastanienallee bezeichnet (vgl. *Tagebücher 1920-1922*, 7. Oktober 1921).
der Körper Salomés] Unter dem Pseudonym Dyita Salome tritt zu Beginn des Jahrhunderts eine tätowierte Frau auf Jahrmärkten auf: »Salome, genannt das blaue Weib, die einzig dastehende in 14 Farben tätowierte *Orientalische Schönheit*; der Körper Salomes repräsentiert einen Wert von 30.000 Mark, wurde preisgekrönt in Berlin, Wien, Paris, London, New York, Petersburg usw.« (Anschlagzettel, in: Stephan Oettermann, *Zeichen auf der Haut. Die Geschichte der Tätowierung in Europa*, Frankfurt a.M. 1985, S.94.)
Lionel der Löwenmensch] Pseudonym von Stefan Bibrowski. Lionel ist über und über behaart und in den zwanziger Jahren eine internationale Zirkusattraktion (sogenannter Haarmensch).
gute Filmpläne] In den Notizbüchern Brechts aus dem Jahre 1921 sind eine Reihe von Filmprojekten überliefert, so daß sich ein konkreter Bezug auf bestimmte Vorhaben zu dieser Zeit nicht herstellen läßt.

28
Budike] Im Dachgeschoß des Elternhauses in der Augsburger Bleichstraße 2.

29
begucke nebenbei Chaplin] In Berlin sieht Brecht die Filme *Die Chaplin-Quelle* und *Charlie als Sträfling*.
Bassermann als Kean] Alexandre Dumas' *Kean, ou desordre et génie* (*Kean, oder Genie und Leidenschaft*) steht zu dieser Zeit in einer Bearbeitung von Kasimir Edschmid auf dem Spielplan des Deutschen Theaters (vgl. *Tagebücher 1920-1922*, 18. November 1921).

Hedda] Hedda Kuhn (vgl. auch *Tagebücher 1920-1922*, 7. November 1921).
Maorifrau] Brecht vergleicht Marianne Zoff wegen ihres brünetten Teints häufig mit einer Maorifrau, so z.B. in dem Gedicht *Auf dem Wege von Augsburg nach Timbuktu ...*

30
Vom »Neuen Merkur«] Vgl. die Anmerkung zu Brief 24.
Hedda] Hedda Kuhn. Brecht schreibt dazu: »Die He treffe ich am fünften Tag. In guter Laune wegen der Briefe. Ich lache immer, sie sagt von Verpflichtungen, will mich küssen, ich winke ab. Sie ist stärker, sie hat einen Triumph hinter sich, wird geliebt. Bei einem Bildhauer Isenstein erlebe ich ihn. Ein junger, starker Mann mit dickem Kopf, etwas rohem Gesicht, langsam, zäh, spießig. Er mißfällt mir nicht gerade«. Und einige Tage später: »Die He lade ich ins Theater, sie kann einmal nicht, das zweite Mal läßt sie am Telefon absagen. Unhöflichkeiten treffen mich mehr als Gemeinheiten, ich rufe nicht mehr an. Es sind wohl erstens ihre Gefühle verbraucht, schlecht konserviert, wie sie waren, zweitens ist sie in die niedere Arithmetik geraten, und drittens ist sie überhaupt von Qualität II. (Neulich sagt sie: ›Ich habe Mast geliebt, XY und Gert Ilo‹ – dann wohl mich. Und sie lief immer nach!)« (*Tagebücher 1920-1922*, 7. und 12. November 1921).

31
Warschauer heiratet] Die geplante Heirat findet im März 1922 statt. Vgl. auch Brief 54.
die neue Oper] Es konnte nicht ermittelt werden, um welche Rolle es sich hier handelt. Marianne Zoff singt in den Monaten November/Dezember 1921 lediglich eine Priesterin in der Oper *Aida* von Giuseppe Verdi (13. November), die Nursidal in der Operette *Fatinitza* von Franz Lehár (17. November) und den Pulbo in *Die Hochzeit des Fauns* (4. und 14. Dezember).

32
wegen Frankfurt] Marianne Zoff bemüht sich vergeblich um ein Engagement an die Frankfurter Oper.

33
Kiki] Gigi Zoff, die Nichte von Marianne Zoff.

34
Döblin] Von Alfred Döblin liest Brecht in den Jahren 1920/21 die Romane *Die drei Sprünge des Wang-lun*, *Wadzeks Kampf mit der Dampfturbine* und *Wallenstein.*
Dostojewski] Marianne Zoff schenkt Brecht zu Weihnachten Dostojewskis Roman *Der Idiot.*

35
Kimratshofen] Hier, im Allgäu, ist Brechts und Paula Banholzers Sohn Frank bei der Familie des »Distriktswegemachers« Xaver Stark in Pflege.

38
Ein Vergleich mit den entsprechenden Tagebucheintragungen ergibt, daß der Brief vermutlich über Brechts Aktivitäten mehrerer Tage berichtet, ohne die Chronologie genau einzuhalten; vgl. *Tagebüher 1920-1922*, 2.-11. Dezember 1921.

39
Mit Reiß habe ich abgeschlossen.] Der definitive Generalvertrag mit dem Verlag Erich Reiß wird erst am 24. Dezember unterschrieben, als sich Marianne Zoff bereits in Berlin aufhält. Brecht meint hier vermutlich den Abschluß der Vorverhandlungen.

40
Anhalter] Gemeint ist der Anhalter Bahnhof in Berlin.
Nollendorfplatz] Station der Untergrundbahn im Westen Berlins.
Samstag abend] Es könnte sich um den 17. Dezember 1921 handeln.

48
den »Tausch«] Paul Claudels Stück *L'échange* (*Der Tausch*), in dem ein Partnertausch verhängnisvolle Folgen hat.

55
200000-M-Film] Vermutlich *Robinsonade auf Assuncion.*
Balladenherausgabe] Die spätere *Hauspostille.*

60

mit George an einer neuen Komödie] Möglicherweise ist die Neufassung des *Baal* gemeint, die 1922 bei Kiepenheuer erscheint. Das Stück ist Pfanzelt gewidmet.

Drei Masken] In diesem Verlag erscheint 1922 die Erstausgabe von *Trommeln in der Nacht.*

Marlis] Konnte nicht ermittelt werden.

62

»Jarrys Mamma«] Die Geschichte muß als verloren gelten. Überliefert sind lediglich zwei kurze Notizen unter dem Titel *Larrys Mamma*, vermutlich aus dem Jahre 1921. Am 12. Oktober 1928 schreibt Brecht an Emil Herz von der Romanabteilung der *Vossischen Zeitung*: »Bei einer Durchsicht meiner Manuskripte sehe ich ohne Vergnügen, daß die Geschichte *Jarry's Mama* (eine Bargangeschichte), die bereits honoriert ist und in der *Vossischen Zeitung* erscheinen sollte, noch nicht erschienen ist und seit mehr als drei Jahren in der Romanabteilung liegt.«

M + F] Marianne und Frank.

63

Sonntag nacht] Gemeint sein könnte der 8. Oktober; in diesem Falle wäre der Brief auf etwa Mitte Oktober zu datieren.

Drei Masken und Kiepenheuer] Es handelt sich um die Honorare für *Trommeln in der Nacht* und *Baal* (Ausgabe 1922).

67

Zoo – Lehrter] Stationen der S-Bahn in Berlin.

70

Bußtag] Der Bußtag des Jahres 1922 fällt auf den 22. November.

chambre garnie] Möbliertes Zimmer.

72

Kapitalfluchtgesetze] Sie sind im Zusammenhang mit der rapide steigenden Inflation erlassen worden.

74
in Filmateliers mit Engel und Viertel] Ob es sich hierbei um konkrete Filmprojekte Brechts handelt, konnte nicht ermittelt werden.

78
Esther] Esther Warschauer.
Gleisdreieck] Binnenverkehrsknotenpunkt im Westen Berlins.

81
wird sie heiraten] Paula Banholzer heiratet am 1. März 1924 den Kaufmann Hermann Groß.

85
das Soufflierbuch »Dickicht«] Brecht bezieht sich auf die Uraufführung seines Stückes (Mai 1923) im Münchener Residenztheater.

87
1924/25?] Möglicherweise ist die Datierung auf 1925/26 anzusetzen.

88
Theater] Gemeint ist das Deutsche Theater in Berlin.
Hindemithoper] Um welches Projekt es sich hier handelt, konnte nicht ermittelt werden. Bekannt ist die Zusammenarbeit mit Paul Hindemith im Frühjahr/Sommer 1929, als Hindemith die Musik zum *Lindberghflug* (gemeinsam mit Kurt Weill) und zum *Lehrstück* (später: *Das Badener Lehrstück vom Einverständnis*) schreibt.

91
Der Brief enthält zwei Zeichnungen mit den Beschriftungen: »Hanni in 15 Jahren« und »Giggi weint!«.

92
Ostern] Fällt 1925 auf den 12. April.

99
die Weigel ... auf Gastspiel] Unter der Regie von Hans

Schweikart spielt Helene Weigel an den Münchener Kammerspielen die Marie in Georg Büchners *Woyzeck* (Premiere: 16. Juni 1925).

100
tschechisches Visum] Vermutlich erforderlich für die Fahrt von Berlin nach Wien.

103
Str.] Konnte nicht ermittelt werden.

105
Donnerstag abend] In Frage kommt der 6. oder 13. August 1925.

108
Samstag ... Feiertag] Der katholische Feiertag Mariä Himmelfahrt fällt auf den 15. August.

109
Schubiack] Schuft; eigentlich: Bettler, der sich an der Jacke schubbt (kratzt).

114
»Mann ist Mann«] Das Münchener Aufführungsprojekt wird nicht realisiert.
Ende November/Anfang Dezember 1925] Möglicherweise ist der Brief auf den 21. November zu datieren; vgl. die Postkarte vom 24. November (Nr. 115), auf der Brecht einen Brief »am Samstag« erwähnt.

117
Premiere] Vermutlich ist die Premiere zu *Die Fledermaus* gemeint.
die »Widerspenstige«] Aufführungen dieser Oper lassen sich für Dezember 1925 im Spielplan des Stadttheaters Münster nicht nachweisen.

120
Puccini] Im fraglichen Zeitraum stehen keine Puccini-Opern auf dem Spielplan des Stadttheaters Münster.

121
nach Koburg] Ob es zu dieser Reise kam, ist ebenso unbekannt wie der Anlaß.

122
Galy Gay] Hauptfigur des Stückes *Mann ist Mann*; die Uraufführung erfolgt erst im September 1926, gleichzeitig in Darmstadt und Düsseldorf.

128
dem Burschen] Gemeint ist Theo Lingen.
Lankwitz] Stadtteil im Süden Berlins.

134
Otto] Vermutlich Otto Müllereisert.

135
wegen einer Revue] Entwürfe zu einer satirischen Revue für Max Reinhardt befinden sich im Nachlaß Brechts. Zur gleichen Zeit etwa beschäftigt sich Brecht mit einem weiteren Revueprojekt: *Die Neandertaler*, von dem ebenfalls Entwürfe überliefert sind.

136
zehn Jahre jüngeren] Theo Lingen ist am 10. Juni 1903 geboren.

139
wegen eines Romans] Konkrete Romanprojekte Brechts aus dieser Zeit sind nicht bekannt. Möglicherweise geht es um *Robinsonade in der Stadt*; dazu sind jedoch nur wenige Stichworte überliefert.

145
aplaniert] Hier im Sinne von: korrigiert, richtiggestellt.
Und jetzt will ich Dir … brecht] Der Anschluß dieser auf einem neuen, mit »2« paginierten Blatt überlieferten Passage an die vorangehende ist nicht gesichert.
diesen Burschen] Gemeint ist Theo Lingen.

148

das Bild im »Dickicht«] Dem Erstdruck des Stückes (erschienen 1927 im Propyläen-Verlag bzw. im Arcadia-Verlag), das Brecht seiner Frau Marianne widmet, sind unter der Überschrift »Städte- und Menschentypen aus den ersten Jahrzehnten des Jahrhunderts« vier Fotos beigegeben, darunter das Porträt einer jungen Frau. Aus einer handschriftlichen Notiz Brechts in einem Nachlaßexemplar geht hervor, daß es sich hierbei um Marianne Zoff-Brecht handelt.

149

an Hollywood etwas verkaufen] Die Versuche Brechts, mit der amerikanischen Filmindustrie ins Geschäft zu kommen, bleiben bis auf eine Ausnahme erfolglos.
Walter] Brechts Bruder.
Utting] Brecht besitzt seit August/September 1932 in Utting am Ammersee ein Landhaus; vgl. sein Gedicht *Zeit meines Reichtums*.
»Dreigroschenoper«] Die Berliner Inszenierung der *Dreigroschenoper* hat im Juli 1945 am Hebbel-Theater Premiere. Den Macheath spielt Hubert von Meyerinck.
den M.] Gemeint ist die Figur des Macheath (Mackie Messer).
Jhering ... Suhrkamp] Der Brief Jherings stammt vom 24. Oktober, Brechts Antwort auf einen (nicht überlieferten) Brief Suhrkamps ebenfalls vom Oktober 1945.
Charles Laughton] Die New Yorker Aufführung von *Galileo*, der amerikanischen Fassung von *Leben des Galilei*, die Brecht in Zusammenarbeit mit Laughton erarbeitet hat, kommt nach Aufführungen in Beverly Hills (1945) am 7. Dezember 1947 zustande.
»Privatleben Heinrichs VIII.«] Der Film mit Charles Laughton in der Titelrolle ist 1932 entstanden.
mit dem Tanzen] Hanne Hiob hatte ihre künstlerische Laufbahn als Ballettelevin begonnen.

150

Fotografie] Vgl. Abbildung 16.

151
Helli] Helene Weigel.
Reiss-Verlag] Der in Basel ansässige Theaterverlag Reiss nimmt zu dieser Zeit für das deutsche Sprachgebiet die Bühnenvertriebsrechte an den Stücken Brechts wahr.

152
General Clay] General Lucius D. Clay ist Chef der amerikanischen Militärregierung in Deutschland.
in Chur] Am Stadttheater Chur wird am 15. Februar 1948 Brechts Bearbeitung *Die Antigone des Sophokles* uraufgeführt.

153
Lucy ... Jenny] Figuren aus Brechts *Dreigroschenoper.*

154
»Puntila«] Das von Brecht im finnischen Exil geschriebene Stück *Herr Puntila und sein Knecht Matti* hat unter der Regie von Hans Schweikart am 10. Januar 1949 in den Münchener Kammerspielen Premiere.

Register

(Die Zahlen beziehen sich auf die Brief-Nummern.)

Namen und Institutionen